JOÃO DO RIO

JOÃO DO RIO
UMA ANTOLOGIA

SELEÇÃO E APRESENTAÇÃO DE LUÍS MARTINS

6ª edição

Rio de Janeiro, 2024

© by herdeira de Luís Martins

CIP-BRASIL. CATALOGAÇÃO NA PUBLICAÇÃO
SINDICATO NACIONAL DOS EDITORES DE LIVROS, RJ

J58j
6ª ed.

João, do Rio, 1881-19211
    João do Rio : uma antologia / João do Rio ; seleção e apresentação
de Luís Martins. - 6. ed. - Rio de Janeiro : José Olympio, 2024.

    ISBN 978-65-5847-176-9

      1. Crônicas brasileiras. 2. Contos brasileiros. I. Martins, Luís, 1907-1981.
II. Título.

24-92638

CDD: 869.8
CDU: 82-94(81)

Gabriela Faray Ferreira Lopes - Bibliotecária - CRB-7/6643

Texto revisado segundo o novo Acordo Ortográfico da Língua Portuguesa de 1990.

Reservam-se os direitos desta edição à
EDITORA JOSÉ OLYMPIO LTDA.
Rua Argentina, 171 – 3º andar – São Cristóvão
20921–380 – Rio de Janeiro, RJ
Tel.: (21) 2585–2000.

Seja um leitor preferencial Record.
Cadastre-se no site www.record.com.br
e receba informações sobre nossos
lançamentos e nossas promoções.

Atendimento e venda direta ao leitor:
sac@record.com.br

ISBN: 978-65-5847-176-9

Impresso no Brasil
2024

SUMÁRIO

João do Rio: a vida, o homem, a obra	7

CRÔNICAS E REPORTAGENS

A rua	23
Presepes	31
A fome negra	37
Velhos cocheiros	41
A era do automóvel	47
Os livres acampamentos da miséria	51
Hora de futebol	60
Guimarães Passos	64
O dia de um homem em 1920	69
Os novos feitiços de Sanin	77
Modern girls	83
Um mendigo original	91
No miradouro dos céus	99
Apologia da dança	108

O segundo Olavo Bilac   112
A correspondência de uma estação de cura   119
O barracão das rinhas   127
A decadência dos chopes   130
Gnato   137
O charuto das Filipinas   143
A pressa de acabar   149

CONTOS

O encontro   159
O homem da cabeça de papelão   171
O bebê de tarlatana rosa   181

Sobre Luís Martins   189

JOÃO DO RIO:
A VIDA, O HOMEM, A OBRA

A VIDA

JOÃO PAULO Alberto Coelho Barreto nasceu na cidade do Rio
de Janeiro no dia 5 de agosto de 1881, filho do dr. Alfredo
Coelho Barreto e de d. Florência Cristóvão dos Santos Barreto.*
O dr. Coelho Barreto, professor de mecânica e astronomia
no Colégio Pedro II, era positivista ortodoxo. Vivaldo Coaracy,
que foi seu aluno, evoca-o como

um conversador fascinante, de espírito vivo e sarcástico.

Costumava transformar as aulas em sessões de palestras
com os discípulos, a quem dava grande liberdade.

---

*Dicionários biográficos citam-lhe o nome erroneamente. Jamais usou o de João
Paulo Emílio Cristóvão dos Santos Coelho Barreto, que lhe atribuíam, mas o que
acima registramos e figura em seus contratos de edições, conforme evidenciam as
pesquisas de R. Magalhães Júnior, autor de sua biografia, *Vida vertiginosa de João do Rio*,
Rio de Janeiro, Civilização Brasileira/INL, 1978.

No decorrer das nossas conversas [acrescenta o memorialista], que muitas vezes excediam as horas de aula e invadiam os intervalos de recreio, Coelho Barreto referia-se frequentemente ao filho, João Paulo, pelo qual nutria verdadeiro desvanecimento e de quem mencionava as manifestações de inteligência, os estudos que empreendia, as opiniões que formava.

Os primeiros estudos, o jovem João Paulo os fez em casa, ministrados pelo próprio pai. Aos 17 anos iniciou-se no jornalismo,

escrevendo primeiro [informa Brito Broca] em algumas revistas sem importância; depois, entre 1898 e 1899, na *Cidade do Rio*, de Patrocínio, artigos sob o pseudônimo de Claude, que ficaram esquecidos, embora produzissem certo rumor na época pela truculência e o desassombro com que neles eram hostilizadas muitas figuras de relevo.

Mas seria só em 1900, no limiar do novo século, que Paulo Barreto iria impor-se à curiosidade e à admiração do público, conquistando a popularidade que jamais o abandonou, com uma série de reportagens de enorme repercussão, publicadas na *Gazeta de Notícias* e posteriormente englobadas em volume, sob o título *As religiões no Rio* (1904). Muita gente duvidou então da veracidade do que era revelado num estilo vivo, ágil, trepidante, num processo novo de apresentar a informação. Logo depois, em 1905, era a vez do importante inquérito, sob a forma de entrevistas, também inicialmente publicado na *Gazeta de Notícias* e depois reunido em livro, sobre o *Momento literário,* documento indispensável aos estudiosos da nossa vida literária no começo do século.

Adotara, definitivamente, o pseudônimo que se tornaria famoso. Por que João do Rio? Supõe Vivaldo Coaracy que a exemplo de Jean Lorrain, escritor francês de certa popularidade na época e que também se chamava Paulo — Paul Duval... Em 1910, aos 29 anos, foi eleito para a Academia Brasileira de Letras, em substituição ao poeta Guimarães Passos. Trabalhou depois em *O País*, como redator e colaborador.

Com Azevedo Amaral e Georgino Avelino, reviveu o *Rio-Jornal*, que começara a sair dois anos antes, mas fracassara. Desentendeu-se logo com os companheiros e voltou a *O País*.

Em 1920, fundou *A Pátria*, que dirigiu até a noite de 23 de junho de 1921, quando, ao sair da redação, de volta à casa, morreu subitamente num táxi.* "Foi o trabalho que o matou", comentou Constâncio Alves, seu sucessor na Academia Brasileira, ao tomar posse da cadeira que ele ocupara.

O HOMEM

QUEM era essa curiosa figura que encheu e dinamizou todo um período da vida carioca, que revolucionou os processos de se fazer imprensa no Brasil, que introduziu entre nós a repor-

_____
*O autor desta apresentação era menino quando morreu João do Rio. Lembra-se, porém, da marca do carro (era um Studebaker) e do nome do motorista: chamava-se Adalberto Cestari, que trabalhava para seu pai, Ascendino Martins.

tagem moderna, interessada nos aspectos sociais e humanos da vida urbana; que criou um novo tipo de crônica; que produziu um romance e vários contos de boa qualidade; que fez teatro com talento e brilho; que entrou para a Academia Brasileira de Letras numa idade em que a maioria dos escritores lança o livro de estreia — e que morreu antes dos 40 anos, talvez consumido, como o personagem de sua crônica "O dia de um homem em 1920", pela "ânsia inconsciente de acabar"?

Ribeiro Couto, ao tomar posse da cadeira que lhe pertencera na Academia (entre os dois, houvera Constâncio Alves), descreve-o como um cavalheiro

eloquente nos paradoxos e nos galicismos, que à porta de um jornal, de casaca, vindo de uma festa diplomática, está prestes a ir escrever um artigo, e uma hora depois, precisamente uma hora depois, deambulará pelas praças desertas, escutando no mistério da noite a imensa queixa dos infelizes. [E Couto acrescenta:] Esse senhor é quase desagradável.

Coisas muito piores que desagradável dele diziam os seus desafetos, dos quais talvez o mais rancoroso e impiedoso tenha sido Antônio Torres, autor desta invectiva póstuma:

Paulo Barreto foi uma das criaturas mais vis, um dos caracteres mais baixos, uma das larvas mais nojentas que eu tenho conhecido.

Não seria assim tão desfavorável, entretanto, a opinião da maioria. Tanto que Brito Broca registra:

Os contemporâneos descrevem-no como uma criatura particularmente encantadora, amigo dos escritores novos, favorecendo os jovens de talento que apareciam pelas redações dos jornais. Deu a mão a Diniz Júnior, a Batista Júnior, a Nogueira da Silva e outros. Os estreantes de valor mereciam-lhe com frequência um artigo de estímulo.

Como conciliar as duas imagens? Como ajustar o "senhor quase desagradável" descrito por Ribeiro Couto à lembrança da "criatura particularmente encantadora" recolhida por Brito Broca? Na verdade, a discordância é apenas aparente, pois ninguém neste mundo (salvo os seres excepcionais) é exclusivamente bom, ou totalmente ruim. No caso de João do Rio, porém, a descrição mais aproximada da verdade parece ser a de Gilberto Amado, que foi seu amigo, mas nem por isto se esquiva a um julgamento ponderado e equitativo.

As afetações, a pacholice de Paulo Barreto [diz ele], tão naturais, me faziam sorrir. Não passavam, como verifiquei na convivência que se seguiu ao nosso encontro, de histrionices de artista que se exibe para receber aplausos: resultavam da sua genuinidade e da sua ingenuidade. Inapto a compreendê-la, a maldade humana o surpreendia como um fenômeno absurdo. Não lhe entrava na cachola que se pudesse ser mau.

Referindo-se à mãe do escritor,

morenona refolhuda e penugenta, alegrona e vivedoura, de um egocentrismo de atriz [afirma Gilberto Amado] ela passou ao temperamento do filho todos os dengues, molezas, quindins, trejeitos e ademanes que o tornavam repugnante aos austeros. Do velho Barreto, o filósofo, lhe ficou a mania dos livros, que possuía e acumulava aos milhares.

E isto, ao que parece, explica tudo. Explica as duas imagens divergentes e aparentemente inconciliáveis. Explica o indivíduo paradoxal, contraditório, desconcertante, que foi João do Rio, tão louvado por uns e agredido por outros.

Esse homem [são ainda palavras de Gilberto Amado] que gostaria de proclamar-se cínico, acima de considerações de ordem moral, descrente da nobreza da essência humana, era, na realidade, um venerador das categorias sociais e dos preconceitos do mundo. Daí o seu medo do julgamento alheio e a fome miserável com que solicitava, para os seus vícios e fraquezas, a tolerância e a piedade do meio. Paulo Barreto quisera impor-se, tornar-se um cidadão conspícuo no conceito geral. Mas não podia. Dentro dele lutavam duas correntes· a do velho Barreto, o "filósofo", o professor, voltado para o saber e o recolhimento, e a de dona Florência, coberta de plumas e tilintante de balangandãs, sempre a pular dentro dele e a comandar silêncio ao velho Barreto na consciência do filho.

A OBRA

NA OBRA de João do Rio, como observa Brito Broca, é difícil distinguir "onde termina o jornalismo e começa a literatura";

ele "conseguia realizar, frequentemente, um acordo entre as duas formas de atividade intelectual". Seu estilo reflete a sedução da *écriture artiste*, no excesso de brilho, na perpétua cintilação de lantejoulas verbais, em certas tiradas de um gosto duvidoso, a que não foram imunes outras brilhantes figuras do período, como Euclides da Cunha, Coelho Neto e Raul Pompeia. Por influência de Oscar Wilde, de quem foi um dos primeiros leitores e vulgarizadores no Brasil, cultivava o paradoxo — e por influência de Eça de Queiroz, a ironia e a sátira, com tonalidade de *humour*. Hoje, essa maneira de escrever parecerá preciosa e um tanto artificial. Entretanto, ainda em 1919, um escritor que faria parte da falange modernista, Ronald de Carvalho, em sua *Pequena história da literatura brasileira*, não hesitava em contrapor à literatura de Machado de Assis a de João do Rio, num paralelo honroso para o autor de *A alma encantadora das ruas* (1908).

Machado de Assis [escreve Ronald] não era um puro mental, não tinha, por exemplo, o brilho dos punhais com que a perversidade galante e fascinadora de João do Rio costuma apresentar-se. Entre um e outro vai a diferença que afasta Juvenal de Petrônio. Na obra de João do Rio há um perfume capitoso de sensualismo e decadência, um pouco de orientalismo esquisito e precioso, há mesmo riqueza e, por vezes, exuberância. Em Machado de Assis nada há que lembre fausto ou que mostre, desde logo, exaltação.

Jean Lorrain, um escritor tipicamente *fin de siècle*, em seu esteticismo rebuscado, em seu cinismo mundano, em sua negligente ostentação de extravagâncias boêmias e vícios estranhos, não deixou também de influenciar o irrequieto cronista carioca, de quem o refinado e cético Godofredo de Alencar, personagem que pretende ser o seu sósia ou *double* literário, assemelha-se sob certos aspectos a um *monsieur* de Phocas com a mania wildeana dos paradoxos...

Em seus contos — alguns dos quais primorosos e todos, pelo menos, interessantes — Paulo Barreto procura a nota impressionante do estranho e do monstruoso, numa evidente preocupação de chocar o leitor; nesse mundo nebuloso, de atmosfera abafada e sórdida, movimentam-se sombras esquivas, larvas sinuosas, lívidos espectros, que perambulam à noite pelas ruas e praças desertas, à procura de sensações mórbidas, vícios aberrantes, ou simplesmente tangidos pelo látego da miséria... Ele sabia criar, por meio das palavras, a sugestão da atmosfera noturna, abafada, sórdida, viciosa e irrespirável, mesmo em trabalhos que não eram de ficção, como, por exemplo, nessa impressionante reportagem de *A alma encantadora das ruas* sobre os chineses fumadores de ópio, que realmente existiam no Rio daquele tempo.

O Rio era a sua matéria, o seu cenário, o seu assunto permanente, o seu mundo literário. No conjunto, a obra de João do Rio constitui o mais minucioso, vivo e válido dos retratos de uma época, através dos múltiplos aspectos da vida carioca, nas duas primeiras décadas do século XX.

O Rio de Janeiro desse período era um admirável microcosmo onde as transformações da civilização vinham repercutir, em escala miniatural, mas de maneira talvez mais nítida do que em qualquer outra parte do mundo. A evolução, aqui, fora rápida demais. A presidência de Rodrigues Alves transformara bruscamente a velha cidade imperial, de ruas tortas e estreitas, de hábitos lentos, morigerados e patriarcais, numa metrópole moderna, de largas e amplas avenidas revolucionando os costumes e criando uma nova mentalidade de progresso. A pulsação da vida atingia um ritmo de febre. A eletricidade substituía os bicos de gás; os bondes de burros cediam lugar aos *tramways* da Companhia Jardim Botânico; os velhos tílburis e fiacres iam aos poucos desaparecendo, para dar lugar aos primeiros automóveis; o cinematógrafo fazia concorrência ao teatro; a "Europa curvava-se ante o Brasil", com as descobertas de Santos Dumont...

"O Rio civiliza-se" era a frase do momento. Realmente, o Rio começava a civilizar-se, a urbanizar-se, a adotar uma aparência e uma sensibilidade de metrópole moderna, uma trepidação de "cidade tentacular", com as grandes obras de Pereira Passos. A transformação urbanística influía na estrutura da sociedade. Esse é um dos momentos mais empolgantes, sedutores e dramáticos na história da velha cidade. Por ela perpassa, como um furacão, um frêmito novo de energia, de trabalho, de dinamismo, de luxo e de prazeres... É a nossa *belle époque*.

João do Rio tinha uma exata consciência do seu papel de testemunha desse momento de metamorfose e adaptação. Na introdução de *Vida vertiginosa*, publicada em 1911, ele escreve:

> Este livro, como quantos venho publicando, tem a preocupação do momento. Talvez mais do que os outros. O seu desejo ou a sua vaidade é trazer uma contribuição de análise à época contemporânea, suscitando um pouco de interesse

histórico sobre o curioso período de nossa vida social, que é
o da transformação atual de usos, costumes e ideias.

Sentia-se um homem inteiramente integrado em seu tempo, satisfeito com a sua época, o seu momento. Em *Cinematógrafo* (1909), declarara:

> Eu nunca tive a nostalgia hereditária que acha o tempo passado bom tempo. Para mim, hoje é sempre melhor do que ontem e pior do que amanhã.

Era um otimista, como veem. E, como dele disse Medeiros e Albuquerque, "um professor de energia".

O filho do velho adepto de Comte não foi um sociólogo, porque lhe faltavam base científica e conhecimentos especializados e mesmo porque, na época, os estudos sociais eram tratados de maneira elementar e empírica, mas possuía o que se poderia chamar "a bossa sociológica". Pelo menos, tinha a preocupação do fato social, do documento humano.

O que ele viu, registrou, comentou e tentou analisar foi o meio e o momento em que viveu. Neste sentido, a sua obra de cronista, de repórter, de comentarista social é prodigiosa. Se no *Pall-Mall Rio de José Antonio José* (1917) foi o cronista frívolo da vida mundana, em outros livros mais sérios contou a miséria anônima das ruas, denunciou as condições miseráveis do proletariado na época e condenou a injustiça social. São desse homem aparentemente *blasé*, que dizia brilhantes e cínicos paradoxos pela boca de Godofredo de Alencar, estas palavras candentes, escritas em 1908:

A greve! A greve é ainda uma anomalia entre nós, quando a exploração do capital é um fato tão negro como na Europa. Mas é que lá os humildes começam a se reconhecer e aqui eles ainda são tão pobres, tão tímidos, carne de bucha da sociedade, tão ignorados dela, que se ignoram quase totalmente a eles mesmos.

Contrariando os preconceitos de uma sociedade ainda estruturada em bases patriarcais, apoiou as primeiras reivindicações do movimento feminista no Brasil, reconhecendo à mulher o direito de ganhar honestamente a vida, com o trabalho. Nas sensacionais reportagens que figuram em *A alma encantadora das ruas*, reclamou a reforma do nosso sistema penitenciário. Insurgiu-se contra a exploração dos menores pela falsa mendicância, organizada e profissional, que então se ostentava às escâncaras no Rio.

Sob as exibições de aparência e malgrado as perversões e anormalidades que lhe atribuíam, Paulo Barreto era no fundo um conservador, um reverenciador da moral comum [informa Gilberto Amado, que acrescenta:] Seu estofo íntimo era mais de pai nobre de dramalhão do que de cínico de comédia.

O moralista era, porém, homem do seu tempo — que nada tinha de retrógrado ou puritano. Por considerar que certos fenômenos de patologia social eram inevitáveis efeitos da civilização moderna que reverenciava, João do Rio encarou com complacência, com indulgência, quase com risonha simpatia, o "moço bonito" e a *modern girl*, tipos parasitários e mais ou menos marginais que ainda existem, com outros nomes e certamente em maior número, na nossa sociedade atual. Considerava-os agradáveis ornamentos, graciosos enfeites da civilização. Não fosse ele um "civilizado"... João do Rio, diz Ribeiro Couto, "viveu na rua carioca e morreu na rua carioca". No Rio do seu tempo, viu tudo, observou tudo, tudo anotou e comentou, com simpatia, ternura, curiosidade, ironia, às vezes com indignação. Jornalista — e só jornalista, pois nunca foi outra coisa —, amou a sua profissão e procurou dignificá-la, batendo-se pela independência profissional dos homens de imprensa e hostilizando o amadorismo, a cavação, o bico ocasional e parasitário dos falsos colegas. No seu tempo, ainda mais do que hoje, a imprensa era, como escreveu pitorescamente, uma espécie de "charutão das Filipinas",

esse charutão que toda a gente chupa, que anda por todas as bocas, dos pirralhos de mama aos velhos cretinos.

No jornal fez tudo, desde o artigo de fundo à reportagem de polícia, do registro literário à crônica mundana. Mas o que ele foi sobretudo, com vigor, com graça, com vivacidade, com senso do pitoresco, com originalidade e com talento, foi o comentarista do dia a dia, o admirável cronista do cotidiano. Na história da crônica brasileira, há um período anterior — e um período posterior a João do Rio. Com razão, dele diz Gilberto Amado que foi o potente renovador do modo de escrever em jornal e dos meios de comunicação do escritor com o público.

Embora importante para o historiador da literatura — e indispensável para o sociólogo que pretenda reconstituir a vida carioca do início deste século, por meio dos usos e costumes —, a obra de João do Rio é quase ignorada das novas gerações. Ela era demasiado uma expressão do tempo, para que pudesse conservar esse caráter de perenidade e permanência que o transcende, como acontece, por exemplo, com Machado de Assis. Paulo Barreto — até no conto, no romance e no teatro — foi sobretudo o cronista, o cronista de um momento, de uma atmosfera social, de um estilo de vida que pertencem ao passado, embora recente. Que eu saiba, só um de seus livros foi reeditado depois de sua morte: *A alma encantadora das ruas* (Organização Simões, 1952).*

Entretanto, essa obra é bem extensa. Dela, pretendemos apresentar, neste livro, uma amostra tanto quanto possível característica e variada, embora não completa. Omitimos, por exemplo, a parte teatral, que entretanto não deixa de ter valor. (José Veríssimo considerava *A bela mme. Vargas* o melhor produto do teatro indígena, no período em que foi levada à cena.)

O ficcionista está representado por três contos: "O bebê de tarlatana rosa", de *Dentro da noite*; "O homem da cabeça de papelão", do *Rosário da ilusão*; e "O encontro", de *A mulher e os espelhos*.

---

*Após a publicação da 1ª edição da compilação de Luís Martins, outros títulos de João do Rio como *Dentro da noite*, *Correspondência de uma estação de cura* e *A profissão de Jacques Pedreira*, além de coletâneas de contos e crônica, foram lançados (*N. do E.*).

20   LUÍS MARTINS

Como não poderia deixar de ser, o cronista e o repórter fornecem a maior parte dos textos selecionados. Textos recolhidos nas páginas de *A alma encantadora das ruas*, *Cinematógrafo*, *Vida vertiginosa*, *Crônicas e frases de Godofredo de Alencar*, *Pall-Mall Rio de José Antonio José* etc. O conferencista e o comentarista de literatura estão representados por trechos colhidos nos livros *Sésamo*, *Ramo de louro* e *Psicologia urbana*. Incluímos também um pequeno trecho do famoso inquérito *As religiões no Rio* e um capítulo do romance *A correspondência de uma estação de cura*.

Muitos desses trabalhos, por demasiado longos, não estão reproduzidos integralmente. Nesses casos, o leitor é lealmente advertido de que se trata de fragmentos.

Permitimo-nos chamar a atenção do leitor para "O dia de um homem em 1920", escrito em 1910 (integra o volume *Vida vertiginosa*, publicado em 1911), página curiosíssima, que se poderia chamar uma premonição da *science fiction*, em que o autor se antecipa ao tempo, inventando o rádio, a televisão, a navalha elétrica, as vitaminas, os táxis-aéreos e outras maravilhas da técnica contemporânea; e chega a pressentir os cérebros eletrônicos.

Se houvesse uma máquina de pensar? Mas ainda não há.

É uma das criações mais surpreendentes da literatura brasileira, no seu tempo.

LUÍS MARTINS, 1971

CRÔNICAS E REPORTAGENS

A RUA
(*Fragmentos*)

OH! SIM, as ruas têm alma. Há ruas honestas, ruas ambíguas, ruas sinistras, ruas nobres, delicadas, trágicas, depravadas, puras, infames, ruas sem história, ruas tão velhas que bastam para contar a evolução de uma cidade inteira, ruas guerreiras, revoltosas, medrosas, *speenéticas*, esnobes, ruas aristocráticas, ruas amorosas, ruas covardes, que ficam sem pinga de sangue...

Vede a rua do Ouvidor. É a fanfarronada em pessoa, exagerando, mentindo, tomando parte em tudo, mas desertando, correndo os taipais das monstras à mais leve sombra de perigo. Esse beco inferno de pose, de vaidade, de inveja, tem a especialidade da bravata. E, fatalmente oposicionista, criou o boato, o "diz-se..." aterrador e o "fecha-fecha" prudente. Começou por chamar-se Desvio do Mar. Por ela continua a passar para todos os desvios muita gente boa. No tempo em que os seus melhores prédios se alugavam modestamente por dez mil-réis, era a rua do Gadelha. Podia ser ainda hoje a rua dos Gadelhas, atendendo ao número prodigioso de poetas nefelibatas que a infestam de cabelos e de versos. Um dia resolveu chamar-se do Ouvidor sem que o Senado da Câmara fosse ouvido. Chamou-se, como calunia e elogia, como insulta e aplaude, porque era preciso denominar o lugar em que todos falam de lugar do que ouve; e parece que cada nome usado foi como a antecipação moral de um dos aspectos atuais dessa irresponsável artéria da futilidade.

A rua da Misericórdia, ao contrário, com as suas hospedarias lôbregas, a miséria, a desgraça das casas velhas e a cair, os corredores bafientos, é perpetuamente lamentável. Foi a primeira rua do Rio. Dela partimos todos nós, nela passaram os vice-reis malandros, os gananciosos, os escravos nus, os senhores em redes; nela vicejou a imundície, nela desabotoou a flor da influência jesuítica. Índios batidos, negros presos a ferros, domínio ignorante e bestial, o primeiro balbucio da cidade foi um grito de misericórdia, foi um estertor, um ai! tremendo atirado aos céus. Dela brotou a cidade no antigo esplendor do largo do Paço, dela decorreram, como de um corpo que sangra, os becos humildes e os coalhos de sangue, que são as praças, ribeirinhas do mar. Mas, soluço de espancado, primeiro esforço de uma porção de infelizes, ela continuou pelos séculos afora sempre lamentável, e tão angustiosa e franca e verdadeira na sua dor que os patriotas lisonjeiros e os governos, ninguém, ninguém se lembrou nunca de lhe tirar das esquinas aquela muda prece, aquele grito de mendiga velha:

— Misericórdia!

Há ruas que mudam de lugar, cortam morros, vão acabar em certos pontos que ninguém dantes imaginara — a rua dos Ourives —, há ruas que, pouco honestas no passado, acabaram tomando vergonha — a da Quitanda. Essa tinha mesmo a mania de mudar de nome. Chamou-se do Açougue Velho do Inácio Castanheira, do Sucusarará, do Tomé da Silva, que sei eu? Até mesmo Canto do Tabaqueiro. Acabou Quitanda do Marisco, mas, como certos indivíduos que organizam o nome conforme a posição que ocupam, cortou o marisco e ficou só da Quitanda. Há ruas, guardas tradicionais da fidalguia, que deslizam como matronas conservadoras — a das Laranjeiras; há ruas lúgubres, por onde passais com um arrepio, sentindo o perigo da morte — o largo do Moura, por exemplo. Foi sempre assim. Lá existiu o necrotério e, antes do necrotério, lá se erguia a forca. Antes da autópsia, o enforcamento. O velho largo macabro, com a alma de Tropmann e de Jack, depois de matar, avaramente guardou anos e anos, para escalpelá-los, para chamálos, para gozá-los, todos os corpos dos desgraçados que se suicidam ou morrem assassinados. Tresanda a crime, assusta. A Prainha também. Mesmo hoje, aberta, alargada, há de vos dar uma impressão de vago horror. À noite são mais densas as sombras, as luzes mais vermelhas, as figuras maiores. Por que terá essa rua um aspecto assim? Oh! Porque foi sempre má, porque foi ali o Aljube, ali padeceram os negros dos três primeiros trapiches de sal, porque também ali a forca espalhou a morte!

Há entretanto outras ruas que nascem íntimas, familiares, incapazes de dar um passo sem que todas as vizinhas não saibam. As ruas de Santa Teresa estão nestas condições. Um cavalheiro salta no Curvelo, vai a pé até o França, e quando volta já todas as ruas perguntam que deseja ele, se as suas tenções são puras e outras impertinências íntimas. Em geral, procura-se o mistério da montanha para esconder um passeio mais ou menos amoroso. As ruas de Santa Teresa, é descobrir o par e é deitar a rir proclamando aos quatro ventos o acontecimento. Uma das ruas, mesmo, mais leviana e tagarela do que as outras, resolveu chamar-se logo do Amor, e a rua do Amor lá está na freguesia de São José. Será exatamente um lugar escolhido pelo Amor, deus decadente? Talvez não. Há também na freguesia do Engenho Velho uma rua intitulada Feliz Lembrança e parece que não a teve, segundo a opinião respeitável da poesia anônima:

> Na rua Feliz Lembrança
> Eu escapei por um triz
> De ser mandado à tabua.
> Ai! que lembrança infeliz
> Tal nome pôr nessa rua!

Há ruas que têm as blandícias de Goriot, de Shylock para vos emprestar a juro, para esconder quem pede e paga ao explorador com ar humilde. Não vos lembrais da rua do Sacramento, da rua dos penhores? Uma aragem fina e suave encantava sempre o ar. Defronte à igreja, casas velhas guardavam pessoas tradicionais. No Tesouro, por entre as grades de ferro, uma ou outra cara desocupada. E era ali que se empenhavam as joias, que pobres entes angustiados iam levar os derradeiros valores com a alma estrangulada de soluços; era ali que refluíam todas as paixões e todas as tristezas, cujo lenitivo dependesse de dinheiro...

Há ruas oradoras, ruas de *meeting* — o largo do Capim que assim foi sempre, o largo de São Francisco; ruas de calma alegria

burguesa, que parecem sorrir com honestidade — a rua de
Haddock Lobo; ruas em que não se arrisca a gente sem volver
os olhos para trás a ver se nos veem — a travessa da Barreira;
ruas melancólicas, da tristeza dos poetas; ruas de prazer sus-
peito próximo do centro urbano e como que dele afastadas;
ruas de paixão romântica, que pedem virgens loiras e luar.

Qual de vós já passou a noite em claro ouvindo o segredo
de cada rua? Qual de vós já sentiu o mistério, o sono, o vício,
as ideias de cada bairro?

A alma da rua só é inteiramente sensível a horas tardias.
Há trechos em que a gente passa como se fosse empurrada,
perseguida, corrida — são as ruas em que os passos reboam,
repercutem, parecem crescer, clamam, ecoam e, em breve, são
outros tantos passos ao nosso encalço. Outras que se envol-
vem no mistério logo que as sombras descem — o largo do
Paço. Foi esse largo o primeiro esplendor da cidade. Por ali passaram, na pompa dos pálios e dos baldaquins d'oiro e púrpura,
as procissões do Enterro, do Triunfo, do Senhor dos Passos; por
ali, ao lado da praia do Peixe, simples vegetação de palhoças, o
comércio agitava as suas primeiras elegâncias e as suas ambi-
ções mais fortes. O largo, apesar das reformas, parece guardar
a tradição de dormir cedo. À noite, nada o reanima, nada o levanta. Uma grande revolução morre no seu bojo como um
suspiro; a luz leva a lutar com a treva; os próprios revérberos
parecem dormitar, e as sombras que por ali deslizam são tra-
pos da existência almejando o fim próximo, ladrões sem pou-
sada, imigrantes esfaimados... Deixai esse largo, ide às ruelas
da Misericórdia, trechos da cidade que lembram a Amsterdã
sombria de Rembrandt. Há homens em esteiras, dormindo na

rua como se estivessem em casa. Não nos admiremos. Somos reflexos. O beco da Música ou o beco da Fidalga reproduzem a alma das ruas de Nápoles, de Florença, das ruas de Portugal, das ruas da África, e até, se acreditarmos na fantasia de Heródoto, das ruas do antigo Egito. E por quê? Porque são ruas da proximidade do mar, ruas viajadas, com a visão de outros horizontes. Abre uma dessas pocilgas que são a parte do seu organismo. Haveis de ver chineses bêbedos de ópio, marinheiros embrutecidos pelo álcool, feiticeiras ululando canções sinistras, toda a estranha vida dos portos de mar. E esses becos, essas bestesgas têm a perfídia dos oceanos, a miséria das imigrações, e o vício, o grande vício do mar e das colônias...

(...)

Nas grandes cidades a rua passa a criar o seu tipo, a plasmar o moral dos seus habitantes, a inocular-lhes misteriosamente gostos, costumes, hábitos, modos, opiniões políticas. Vós todos deveis ter ouvido ou dito aquela frase:

— Como estas meninas cheiram a Cidade Nova!

Não é só a Cidade Nova, sejam louvados os deuses! Há meninas que cheiram a Botafogo, a Haddock Lobo, a Vila Isabel, como há velhas em idênticas condições, como há homens também. A rua fatalmente cria o seu tipo urbano, como a estrada criou o tipo social. Todos nós conhecemos o tipo do rapaz do largo do Machado: cabelo à americana, roupas amplas à inglesa, lencinho minúsculo no punho largo, bengala de volta, pretensões às línguas estrangeiras, calças dobradas como Eduardo VII e toda a *snobópolis* do universo. Esse mesmo rapaz, dadas idênticas posições, é no largo do Estácio inteiramente diverso. As botas são de bico fino, os fatos em geral justos, o lenço no bolso de dentro do casaco, o cabelo à meia cabeleira com muito óleo. Se formos ao largo do Depósito, esse mesmo rapaz usará lenço de seda preta, forro na gola do paletó, casaquinho curto e calças obedecendo ao molde corrente na navegação aérea — calças a balão.

Esses três rapazes da mesma idade, filhos da mesma gente honrada, às vezes até parentes, não há escolas, não há contatos passageiros, não há academias que lhes transformem o gosto por certa cor de gravatas, a maneira de comer, as expressões, as ideias — porque cada rua tem um estoque especial de expressões, de ideias e de gostos. A gente de Botafogo vai às "primeiras" do Lírico, mesmo sem ter dinheiro. A gente de Haddock Lobo tem dinheiro, mas raramente vai ao Lírico. Os moradores da Tijuca aplaudem Sarah Bernhardt como um prodígio. Os moradores da Saúde amam enternecidamente o Dias Braga. As meninas das Laranjeiras valsam ao som das valsas de Strauss e de Berger, que lembram os cassinos da Riviera e o esplendor dos *kursaals*. As meninas dos bailes de Catumbi só conhecem as novidades do senhor Aurélio Cavalcante. As conversas variam, o amor varia, os ideais são inteiramente outros, e até o namoro, essa encantadora primeira fase do eclipse do casamento, essa meia ação da simpatia que se funde em desejo, é absolutamente diverso. Em Botafogo, à sombra das árvores do parque ou na grade do portão, Julieta espera Romeu, elegante e solitária; em Haddock Lobo, Julieta gurruleia em bandos pela calçada; e nas casas humildes da Cidade Nova, Julieta, que trabalhou todo o dia pensando nessa hora fugaz, pende à janela o seu busto formoso...

Oh! Sim, a rua faz o indivíduo, nós bem o sentimos. Um cidadão que tenha passado metade da existência na rua do Pau-Ferro não se habitua jamais à rua Marquês de Abrantes! Os intelectuais sentem esse tremendo efeito do ambiente, menos violentamente, mas sentem. Eu conheci um elegante barão da monarquia, diplomata em perpétua disponibilidade que a necessidade forçara a aceitar de certo proprietário o quarto de um cortiço da rua Bom Jardim. O pobre homem, com as suas poses à Brummel, sempre de monóculo entalado, era o escândalo da rua. Por mais que saudasse as damas e cumprimentasse os homens, nunca ninguém se lembrava de o tratar senão com desconfiança assustada. O barão sentia-se desesperado e resumira a vida num gozo único: sempre que podia, tomava o bonde de Botafogo, acendia um charuto, e ia por ali, altivo, airoso, com o velho redingote abotoado, a "caramela" de cristal cintilante... Estava no seu bairro. Até parece, dizia ele, que as pedras me conhecem!

Do livro *A alma encantadora das ruas.*

PRESEPES

(*Fragmento*)

POR QUE fazem presepes?, indago.

Uns respondem que por promessa, outros sorriem e não dizem palavra. São os mais numerosos. E a galeria continua a desfilar — presepes que parecem pombais, feitos de arminho e penas de aves; presepes todos de bolas de prata com bonequinhos de *biscuit*; presepes armados com folhas de latão, castiçais com velas acesas e fotografias contemporâneas, tendo por lagos pedaços de espelho e o burro da Virgem com um selim à moderna; presepes em que no meio do capim há casas de dois andares com venezianas e caras de raparigas à janela — uma infinidade inacreditável.

O mais interessante, porém, fui encontrar na praia Formosa, centro de um cordão-carnavalesco de negros baianos. Essas criaturas dão-me a honra da sua amizade. O presepe está armado no quarto da sala de visitas. É inaudito, todo verde com lantejoulas de prata.

O céu, pintado por um artista espontâneo, tem, entre nuvens, o sol com uma cara raspada de americano *truster*, a lua, maior que o sol, com a imagem da Virgem Mãe. Dois raios de filó bambamente pendem do azul sobre o estábulo divino, iluminado a *giorno*. Descendo a montanha, montados em camelos, vêm os três reis magos, vestidos à turca, e o rei mais apressado é Baltazar, o preto. Pela encosta do monte as majestades lendárias encontram, sem pasmo, ânimos imperiais quase atuais: Napoleão na trágica atitude de Santa Helena, a defunta imperatriz do Brasil, Bismarck com a sua focinheira de molosso desacorrentado, uma bailarina com a perna no ar e um boneco de cacete, calças abombachadas e chapéu ao alto... Iluminando a agradável confusão, velas de estearina morrem em castiçais de cobre.

O grupo carnavalesco chama-se Rei de Ouros. Logo que eu apareço e das janelas escancaradas a tropa me vê, entoa a canção da entrada:

Tu-tu-tu quem bate à porta
Menina vai ver quem é
É o triunfo Rei de Ouros
Com a sua pastora ao pé.

Dentro move-se, numa alegria carnavalesca, o bando de capoeiras perigosos da rua da Conceição, de São Jorge e da Saúde. A sala tem cadeiras em roda, ornamentadas de cetim vermelho, cortinas de renda com laçarotes estridentes. As matronas espapaçam-se nas cadeiras, suando, e, em movimentos nervosos, agitam-se à sua vista mulatinhas de saiote vermelho, brutamontes de sapatos de entrada baixa e calção de fantasia de velho e de rei dos diabos. Há um cheiro impertinente de suor e de éter floral.

— Uma calamistrança pra seu doutô! — brada o Dudu, um negro, magro, conhecido por inventar nomes engraçados, o Bruant da populaça. E a gente do reisado, logo batendo palmas, pandeiros e berimbaus:

> Ora venha ver o que temos di dá
> Garrafas de vinho, doce de araçá.

A manifestação satisfaz. Dudu leva-me quase à força para um lugar de honra e eu vejo uma mulatinha com o cabelo à Cleo de Merode, enfiada numa confusa roupagem rubra.

— Quem é aquela?

— É Etelvina. Tá servindo de porta-bandeira...

Não era necessária a explicação. O pessoal, quebrando todo em saracoteios exóticos, cantava com as veias do pescoço saltadas:

> Porta-bandeira deu siná,
> Deu siná no Humaitá.
> Porta-bandeira deu siná,
> Deu siná, tulou, tulou!

Aproveito a consideração do Dudu para compreender o presepe:

— Por que diabo põem vocês o retrato da imperatriz ali?

— Imperatriz era a mãe dos brasileiros e está no céu.

— Mas Napoleão, homem, Napoleão?

— Então, gente, ele não foi o rei do mundo? Tudo está ali para honrar o menino Deus.

— A bailarina também?

— A bailarina é enfeite.

Guardo religiosamente esta profunda resposta.

Os do reisado cantam agora uma certa marcha que faz cócegas. Os versinhos são errados, mas íntimos e, sibilizados por aquela gente ingenuamente feroz, dão impressões de carícias:

Sussu sossega
Vai dromi teu sono
Tá com medo diga,
Quer dinheiro, tome!

Que tem Sussu com a Epifânia? Nada. Essas canções, porém, são toda a psicologia de um povo, e cada uma delas bastaria para lhe contar o servilismo, a carícia temerosa, o instinto da fatalidade que o amolece, e a ironia, a despreocupada ironia do malandro nacional.

— Mas por que — continuo eu curioso — põem vocês junto do rei Baltazar aquele boneco de cacete?

— Aquele é o rei da capoeiragem. Está perto do rei Baltazar porque deve estar. Rei preto também viu a estrela. Deus não esqueceu a gente. Ora, não sei se V. S. conhece que Baltazar é pai da raça preta. Os negros da Angola quando vieram para a Bahia trouxeram uma dança chamada cungu, em que se ensinava a brigar. Cungu com o tempo virou mandinga e São Bento.

— Mas que tem tudo isso?

— Isso, gente, são nomes antigos da capoeiragem. Jogar capoeira é o mesmo que jogar mandinga. Rei da capoeiragem tem seu lugar junto de Baltazar. Capoeiragem tem sua religião.

Abri os olhos pasmados. O negro riu.

— V. S. não conhece a arte? Hoje está por baixo. Valente de verdade só há mesmo uns dez: João da Sé, Tito da Praia, Chico Bolívar, Marinho da Silva, Manuel Piquira, Ludgero da Praia, Manuel Tolo, Moisés, Mariano da Piedade, Cândido Baianinho, outros... Esses "cabras" sabiam jogar mandinga como homens...

— Então os capoeiras estão nos presepes para acabar com as presepadas...

— Sim senhor. Capoeiragem é uma arte, cada movimento tem um nome. É mesmo como sorte de jogo. Eu agacho, prendo V. S. pelas pernas e viro: V. S. *virou balão* e eu *entrei debaixo.* Se eu cair, *virei boi.* Se eu lançar uma *tesoura,* eu sou um porco, porque *tesoura* não se usa mais. Mas posso arrastar-lhe uma *tarrafa* mestra.

— *Tarrafa?*

— É uma rasteira com força. Ou esperar o degas *de galho,* assim duro, com os braços para o ar e, se for rapaz da luta, passar-lhe o *tronco* na queda, ou, se for *arara,* arrumar-lhe mesmo o *bambu,* pontapé na pança. Só rasteira, quando é deitada, chama-se *banda,* quando com força, *tarrafa,* quando no ar para bater na cara do cabra, *meia-lua...*

— Mas é um jogo bonito! — fiz para contentá-lo.

— Vai até o *auô,* salto mortal, que se inventou na Bahia.

Para aquela lição intempestiva, já se havia formado um grupo de temperamentos bélicos. Um rapazola falou:

— E a *encruzilhada?*

— É verdade, não disseste nada da *encruzilhada?*

E a discussão cresceu. Parecia que iam brigar...

Fora, a chuva jorrava, torrencial. Um relógio pôs-se a bater preguiçosamente meia-noite. As mulatinhas cantavam tristes:

Meu Rei de Ouros quem te matou?
Foi um pobre caçadô.

Mas Dudu saltou para o meio da sala. Houve um choque de palmas. E diante do quarto, onde se confundia o mundo em adoração a Deus, o negro cantou, acompanhado pelo coro:

Já deu meia-noite
O sol está pendente
Um quilo de carne
Para tanta gente!

Oh! Suave ironia dos malandros! Na baiuca havia alegria, parati, álcool, fantasia, talvez o amor nascido de todas aquelas danças e do insuportável cheiro do éter floral...

Não havia, porém, com que comer. Diante de Jesus, que só lhes dera o dia de amanhã, a queixa se desfazia num quase riso. Um quilo de carne para tanta gente!

Talvez nem isso! Saí, deixei o último presepe.

De longe, a casinhola com as suas iluminações tinha um ar de sonho sob a chuva, um ar de milagre, o milagre da crença, sempre eterna e vivaz, saudando o natal de Deus através da ingenuidade dos pobres. Como seria bom dar-lhes de comer, ó Deus poderoso!

Como lhes daria eu um farto jantar se, como eles, não tivesse apenas a esperança de amanhã obter um quilo de carne só para mim!

Do livro *A alma encantadora das ruas*.

A FOME NEGRA
(*Fragmentos*)

(...)

Estávamos na ilha da Conceição, no trecho hoje denominado a Fome Negra. Há ali um grande depósito de manganês e, do outro lado da pedreira que separa a ilha, um depósito de carvão. Defronte, a algumas braçadas de remo, fica a ponta da Areia com a Cantareira, as obras do porto fechando um largo trecho coalhado de barcos. Para além, no mar tranquilo, outras ilhas surgem, onde o trabalho escorcha e esmaga centenas de homens.

Logo depois do café, os pobres seres saem do barracão e vão para a parte norte da ilha, onde a pedreira refulge. Há grandes pilhas de blocos de manganês e montes de piquiri em pó, em lascas finas. No solo, coberto de uma poeira negra com reflexos de bronze, há *rails* para conduzir os vagonetes do minério até o lugar da descarga. O manganês, que a Inglaterra cada vez mais compra ao Brasil, vem de Minas até a Marítima em estrada de ferro; daí é conduzido em batelões e saveiros até as ilhas Bárbaras e da Conceição, onde fica em depósito.

Quando chega vapor, de novo removem o pedregulho para os saveiros e de lá para o porão dos navios. Esse trabalho é contínuo, não tem descanso. Os depósitos cheios, sem trabalho de carga para os navios, os trabalhadores atiram-se à pedreira, à rocha viva. Trabalha-se dez horas por dia, com pequenos intervalos para as refeições e ganha-se cinco mil-réis. Há, além disso, o desconto da comida, do barracão onde dormem 1.500; de modo que o ordenado da totalidade de oito mil-réis. Os homens gananciosos aproveitam então o serviço da noite, que é pago até de manhã por 3.500 e até meia-noite pela metade disso, tendo, naturalmente, o desconto do pão, da carne e do café servido durante o labor.

É uma espécie de gente essa que serve às descargas do carvão e do minério e povoa as ilhas industriais da baía, seres embrutecidos, apanhados a dedo, incapazes de ter ideias, muito curiosa.

(...)

Vivem quase nus. No máximo, uma calça em frangalhos e uma camisa de meia. Os seus conhecimentos reduzem-se à marreta, à pá, ao dinheiro; o dinheiro que a pá levanta para o bem-estar dos capitalistas poderosos; o dinheiro, que os recurva em esforços desesperados, lavados de suor, para que os patrões tenham carros e bem-estar. Dias inteiros de bote, estudando a engrenagem dessa vida esfalfante, saltando nos paióis ardentes dos navios e nas ilhas inúmeras, esses pobres entes fizeram-me pensar num pesadelo de Wells, a realidade da *História dos tempos futuros*, o pobre a trabalhar para os sindicatos, máquina incapaz de poder viver de outro modo, aproveitada e esgotada. Quando um deles é despedido, com a lenta preparação das palavras sórdidas dos feitores, sente um tão grande vácuo, vê-se de tal forma só, que vai rogar outra vez que o admitam.

(...)

O trabalho recomeçou. O Corrêa, cozido ao sol, bamboleava a perna, feliz. Como a vida é banal! Esse Corrêa é um tipo que existe desde que na sociedade organizada há o intermediário entre o patrão e o servo. Existirá eternamente, vivendo de migalhas de autoridade contra a vida e independência dos companheiros de classe.

Às duas horas da tarde, nessa ilha negra, onde se armazenam o carvão, o manganês e a pedra, o sol queimava. Vinha do mar, como infestado de luz, um sopro de brasa; ao longe, nas outras ilhas, o trabalho curvava centenas de corpos, a pele ardia, os pobres homens encobreados, com os olhos injetados, esfalfavam-se; e mestre Corrêa dançarinando o seu passinho:

— Vamos gente! Eh! Nada de perder tempo! V. S. não imagina. Ninguém os prende e a ilha está cheia. Vida boa!

Foram assim até a tarde, parando minutos para logo continuar. Quando escureceu de todo, acenderam-se às candeias e a cena deu no macabro.

Do alto, o céu coruscava, encrustado de estrelas, um vento glacial passava, fogo-fatuando a chama tênue das candeias e, na sombra, sombras vagas, de olhar incendido, raspavam o ferro, arrancando da alma longos gemidos de esforço. Como se estivesse junto do cabo e um batelão largasse, saltei nele com um punhado de homens.

Íamos a um vapor que partia de madrugada. No mar, a treva mais intensa envolvia o *steamer*, um transporte inglês com a carga especial do minério. O comandante fora ao Cassino; alguns *boys* pouco limpos pendiam da murada com um cozinheiro chinês, de óculos. Uma luz mortiça iluminava o convés. Tudo parecia dormir. O batelão, porém, atracava, fincavam-se as candeias; quatro homens ficavam de um lado, quatro de outro, dirigidos por um preto que corria pelas bordas do barco, de tamancos, dando gritos guturais. Os homens nus, suando apesar do vento, começavam a encher enormes tinas de bronze que o braço de ferro levantava num barulho de trovoada, despejava, deixava cair outra vez.

Entre a subida e a descida da tina fatal, eu os ouvia:

— O minério! É o mais pesado de todos os trabalhos. Cada pedra pesa quilos. Depois de se lidar algum tempo com isso, sentem-se os pés e as mãos frios; e o sangue, quando a gente se corta, aparece amarelo... É a morte.

— De que nacionalidade são vocês?

— Portugueses... Na ilha há poucos espanhóis e homens de cor. Somos nós os fortes.

Os fracos, deviam dizer; os fracos dessa lenta agonia de rapazes, de velhos, de pais de famílias numerosas.

Para os contentar, perguntei:

— Por que não pedem a diminuição das horas de trabalho?

As pás caíram bruscas. Alguns não compreendiam, outros tinham um risinho de descrença:

— Para quê, se quase todos se sujeitam?

Mas um homem de barbas ruivas, tisnado e velho, trepou pelo monte de pedras e estendeu as mãos:

— Há de chegar o dia, o grande dia!

E rebentou como um doido, aos soluços, diante dos companheiros atônitos.

Do livro *A alma encantadora das ruas.*

VELHOS COCHEIROS

OUTRO DIA, ao saltar de um tílburi no antigo largo do Paço, vi na boleia de um *vis-à-vis* pré-histórico a ventripotência colossal de um velho cocheiro. As duas mãos gorduchas à altura do peito como quem vai rezar, enfiado numa roupa esverdinhada, o automedonte roncava. Seria uma recordação literária ou a memória de uma fisionomia de infância? Seria o cocheiro da *Safo*, o irmão mais velho de *Simeon*, ou simplesmente um velho cocheiro que eu tivesse visto na doce idade em que todas as emoções são novas? Era difícil adivinhar. Para os cérebros cheios de literatura, a verdade obumbra-se tanto que é sempre preciso perguntar por ela como o fez Pôncio Pilatos diante de Deus.

Fui para perto do *vis-à-vis*, bati na perna do velho. Estava feio. O ventre, um ventre fabuloso, parecia uma talha que lhe tivessem entalhado ao tronco; as pernas, sem movimento, pendiam como traves; os braços, extremamente desenvolvidos, eram quase maiores que as pernas; e a caraça vermelha, com tons violáceos, lembrava os carões alegres do carnaval. Abriu, entretanto, uma das pálpebras com mau humor e resmungou:

— Pronto!

— Então você não me conhece mais?

— Eu não, senhor.

— Pois eu conheço você desde menino.

Ele abriu de todo as pálpebras pesadas, um sorriso alegre de bondade passou-lhe pelo lábio.

— Saiba vossa senhoria que bem pode ser! Toda essa gente importante de hoje eu conheci meninos de colégio!

Não sei por que estava meio emocionado.

— E já fez ponto na estrada de ferro?

— Há 20 anos, eu e o Bamba.

Encosta-se à boleia do antigo *vis-à-vis*. Havia 20 anos sim, havia 20 anos que no passar pela estação dos carros, os meus olhos de criança se fixaram curiosamente na fisionomia jocunda de um velho, que já naquele tempo era velho e já naquele tempo gravemente roncava na boleia de um carro? Havia 20 anos...

— É como lhe digo — afirmava ele. — Conhece a filha do barão de Cotegipe? Eu vi aquela santa criatura menina. Conhece o filho do grande ministro João Alfredo? É meu amigo, dá-me dinheiro sempre que vem ao Rio. Olhe, há de conhecer o dr. Fernando Mendes de Almeida e mais o irmão, o dr. Cândido. Pois quando eu servia o pai, eles eram meninos de colégio. Há meses eu disse ao dr. Fernando tudo isso e ele foi dar um passeio no meu carro e deu-me doces, vinho do Porto, dinheiro. Estava admirado e ria...

— Como se chama você?

— Braga, eu sou o Braga.

Pobre velho cocheiro a quem se dá, como às crianças, doces de confeitaria! Eu continuava encostado ao *vis-à-vis*, imensamente triste e com a mesma curiosidade de criança.

— Trabalho neste ofício desde 1870. Tinha 20 anos, quando comecei. Toda a minha mocidade foi acabada aqui.

— E não estás rico?

— Rico?

Soltou uma gargalhada sonora que lhe balançou o ventre e o envermelheceu mais. Os seus olhos pequenos olhavam-me da boleia com superioridade compassiva. É difícil encontrar um cocheiro de carro que tenha feito fortuna. Enriquecem os de carroça, os de caminhões. De carro, só se citam dois ou três em 30 anos. O ofício, longe de tornar ágeis os corpos, faz lesões cardíacas, atrofia as pernas, hipertrofia os braços, de modo que 15 anos de boleia, de visão elevada do mundo, ao sol e à chuva, estragam e usam um homem como a ferrugem estraga o aço mais fino. O Braga era um velho trapo encharcado. Tanto ádipe dava-me a impressão de que o pobre velho devia ter água nos tecidos.

Eu continuava a ouvi-lo. Naquela boleia falava um cultor do quietismo, um renanista que tivesse compreendido o nirvana. Nem uma ambição, nem um ódio: apenas um sorriso de quem não se rala com a vida e vem para a rua almejando não encontrar fregueses, para dormir mais à vontade.

— Ah! Este carro! — murmurei. — Quanta história podia você contar! Quantas cenas de amor, quantos beijos, quantas angústias e quantos crimes!...

— Este carro, não; outros, ou antes, eu. Fui de cocheira, fui de casa particular e trabalhei por minha conta. Quando caiu o ministério João Alfredo, fui eu quem o levou ao Paço. Agora, essas coisas de beijos; noutro tempo era nas berlindas.

— Tinha vontade de saber a sua opinião.

Ele arregalou muito os olhos.

— A respeito de beijos? Sei lá!

— Não, a respeito da Monarquia e da República.

Ele sorriu, pensou.

— A Monarquia tinha as suas vantagens. Era mais bonito, era mais solene. Não vá talvez pensar que eu sou inimigo da República. Mas recorde por exemplo um dia de audiência pública do imperador. Que bonito! Até era um garbo levar os fregueses lá. Ó Braga, onde estiveste? Fui à Boa Vista! Hoje todo mundo entra no palácio do Catete. Não tem importância... É verdade que o Obá entrava no Paço. Mas era príncipe. E então para conhecer homens importantes! Não precisava saber-lhes o nome. Os ministros tinham uma farda bonita, o imperador saía de papo de tucano. Bom tempo aquele! Hoje tem de suar para conhecer um ministro. Parecem-se todos com os outros homens.

— Talvez não sejam, Braga.

— Quanto às capacidades, não digo nada... Mas veja. Por estar perto da secretaria é que conheço o Müller, um magro, que reforma a cidade. E de todo o ministério, só ele. Se isso era possível em 1880! Depois, quer saber? A República trouxe a bolsa, uma porção de cocheiros estrangeiros, uns gringos e ingleses de cara raspada, com uns carros que até nem eu lhes sabia o nome!

Despregou as mãos de sobre o peito.

— E vão morrendo todas as pessoas notáveis, já não há mais ninguém notável. Só restam o senhor visconde de Barbacena, o senhor marquês de Paranaguá e mais dois outros.

Houve uma longa pausa. Como este cocheiro estava do outro lado da vida! Quinze anos apenas tinham levado o seu mundo e o seu carro para a velha poeira da história! Ele falava como um eco e estava ali, olhando o *boulevard* reformado, pensando nos bons tempos das missas na Catedral e das moradas reais, hoje ocupadas pela burocracia republicana....

— O Braga é o mais velho cocheiro do Rio?

— Não senhor; é o Bamba, que começou em 1864.

Neste momento, outros cocheiros moços, limpos, de grandes calças abombachadas foram aproximando os carros, com vontade de saber o que retinha um cavalheiro tanto tempo a prosear com o velho. Logo se fez um barulho de rodas e de vozes.

— Ó Braga, ó velho, despacha o freguês! Tem aqui um carro bom, vossa senhoria! Ó Braga, posso servir?

Braga cruzou outra vez as mãos no peito, com um sereno olhar indiferente. Que dor o havia de trespassar! Murmurei com pena:

— Bom, adeus, meu Braga. E onde para o Bamba?

— Na estrada, para na estrada. Às ordens do menino — respondeu ele do alto.

Já agora era impossível deixar de ver o outro, de conhecer o mais antigo cocheiro do Rio! Tomei um bonde da Central. A tarde morria em lento e vermelho crepúsculo. No céu brilhava a primeira estrela trêmula e luminosa, e os combustores acendiam a sua luz azul quando saltei na praça da Aclamação. E foi um grande trabalho. Eu ia de carro em carro.

— Pode informar onde para o Bamba?

Uns diziam que o Bamba caíra e fora para o hospital, outros, os moços, riam de que se fosse procurar um cocheiro inútil como o Bamba, outros asseguravam que o velho não trabalhava mais. Afinal, quase defronte da porta do quartel, encontrei um Landau empoeirado, desses que parecem arcas e acomodam à vontade seis pessoas.

Da boleia, um mulato velho falava para um gordo ancião, muito gordo, muito estragado...

— Sabe você dizer quem é e onde está o Bamba?

O mulato riu.

— É este, patrão...

O gorduchão abriu a boca, onde faltavam os dentes.

— Já não trabalho de noite: tenho 70 anos. Não vejo. Desde 1864 que estou no serviço. Outro dia quase morro: caí da boleia. Tenho as pernas duras...

— Bamba, meu velho...

— Sou o primeiro cocheiro, o mais velho, não há nenhum mais velho...

Eu voltei-me para o mulato, interroguei-o quase em segredo:

— Mas que diabo vem ele fazer aqui, assim?

O mulato sorriu com tristeza.

— Sei lá!... É o cheiro, vossa senhoria, é o cheiro! Quando a gente começa nesta vida, não pode viver sem ela... É o cheiro...

A praça vibrava numa estrepitosa animação, os combustores reverberavam em iluminações fantásticas, e, só, no céu calmo, como uma hóstia de tristeza, a velha lua esticava a triste foice do seu crescente.

Do livro *A alma encantadora das ruas.*

A ERA DO AUTOMÓVEL

(*Fragmento*)

E, SUBITAMENTE, é a era do automóvel. O monstro transformador irrompeu, bufando, por entre os escombros da cidade velha, e como nas mágicas e na natureza, aspérrima
educadora, tudo transformou com aparências novas e novas
aspirações. Quando os meus olhos se abriram para as agru-
ras e também para os prazeres da vida, a cidade, toda estreita
e toda de mau piso, eriçava o pedregulho contra o animal de
lenda, que acabava de ser inventado em França. Só pelas ruas
esguias dois pequenos e lamentáveis corredores tinham tido
a ousadia d'aparecer. Um, o primeiro, de Patrocínio, quando
chegou, foi motivo de escandalosa atenção. Gente de guarda-chuva debaixo do braço parava estarrecida como se tivesse visto um bicho de Marte ou um aparelho de morte imediata.
Oito dias depois, o jornalista e alguns amigos, acreditando
voar com três quilômetros por hora, rebentavam a máquina
de encontro às árvores da rua da Passagem. O outro, tão
lento e parado que mais parecia uma tartaruga bulhenta, deita-
va tanta fumaça que, ao vê-lo passar, várias damas sufocavam.

A imprensa, arauto do progresso, e a elegância, modelo do esnobismo, eram os precursores da era automobílica. Mas ninguém adivinhava essa era. Quem poderia pensar na futura influência do automóvel diante da máquina quebrada de Patrocínio? Quem imaginaria velocidades enormes na carriola dificultosa que o conde Guerra Duval cedia aos clubes infantis como um brinco idêntico aos baloiços e aos pôneis mansos? Ninguém! Absolutamente ninguém.

— Ah! Um automóvel, aquela máquina que cheira mal?

— Pois viajei nele.

— Infeliz!

Para que a era se firmasse fora preciso a transfiguração da cidade. E a transfiguração se fez como nas férias fulgurantes, ao tã-tã de Satanás. Ruas arrasaram-se, avenidas surgiram, os impostos aduaneiros caíram e, triunfal e desabrido, o automóvel entrou, arrastando desvairadamente uma catadupa de automóveis. Agora, nós vivemos positivamente nos momentos do automóvel, em que o chofer é rei, é soberano, é tirano.

Vivemos inteiramente presos ao automóvel. O automóvel ritmiza a vida vertiginosa, a ânsia das velocidades, o desvario de chegar ao fim, os nossos sentimentos de moral, de estética, de prazer, de economia, de amor.

Mirbeau escreveu: "O gosto que tenho pelo *auto*, irmão menos gentil e mais sábio do barco, pelo patim, pelo balanço, pelos balões, pela febre também, algumas vezes, por tudo que me leva e me arrasta, depressa, para além, mais longe, mais alto, além da minha pessoa, todos esses apetites são correlatos, têm a origem comum no instinto, refreado pela civilização, que nos leva a participar dos ritmos de toda a vida, da vida livre, ardente e vaga, vaga, ai! Como os nossos desejos e os nossos destinos..."

Não, eu não penso assim. O meu amor, digo mal, a minha veneração pelo automóvel vem exatamente do tipo novo que ele desenvolve entre mil ações da civilização, obra sua na vertigem geral. O automóvel é um instrumento de precisão fenomenal, o grande transformador das formas lentas.

Sim, em tudo! A reforma começa, antes de andar, na linguagem e na ortografia. É a simplificação estupenda. Um simples mortal de há 20 anos passados seria incapaz de compreender, apesar de ter todas as letras e as palavras por inteiro, este período: "O Automóvel Clube do Brasil tem negócios com a Sociedade de Automóveis de Reims, na garagem Excelsior." Hoje, nós ouvimos diálogos bizarros:

— Foste ao ACB?

— Iéss.

— Marca da fábrica?

— FIAT 60 HP. Tenho que escrever ao ACOTUK.

O que, em palestra, diz-se ligando as letras em palavras de aspecto volapuqueano, mas que traduzido para o vulgar significa que o cavalheiro tem uma máquina da Fábrica Italiana de Automóveis de Turim, da força de 60 cavalos e que vai escrever para o Aéreo Clube do Reino Unido.

É ou não é prodigioso? É a língua do futuro, a língua das iniciais só entrevista segundo Bidon pelo genial José de Maistre, que fazia *cadáver* (mesmo credor) derivar de *corpus datus vermibus*.

Um artigo de 200 linhas escreve-se em 20 quase, estenografado. Assim como encurta tempo e distâncias no espaço, o automóvel encurta tempo e papel na escrita. Encurta mesmo as palavras inúteis e a tagarelice. O monossílabo na carreira é a opinião do homem novo. A literatura é ócio, o discurso é o impossível.

Mas o automóvel não simplifica apenas a linguagem e a ortografia. Simplifica os negócios, simplifica o amor, liga todas as coisas vertiginosamente, desde as amizades necessárias que são a base das sociedades organizadas, até o idílio mais puro.

Um homem, antigamente, para fazer fortuna, precisava envelhecer. E a fortuna era lamentável de pequena. Hoje, rapazolas que ainda não têm 30 anos, são milionários. Por quê? Por causa do automóvel, por causa da gasolina, que fazem os meninos nascer banqueiros, deputados, ministros, diretores de jornal, reformadores de religião e da estética, aliás com muito mais acerto que os velhos.

Se não fossem os 120 quilômetros por hora dos Dietriche de *course* não se andaria moralmente tão depressa. O automóvel é o grande sugestionador. Todos os ministros têm automóveis, os presidentes de todas as coisas têm automóveis, os industriais e os financeiros correm de automóvel no desespero de acabar depressa, e andar de automóvel é, sem discussão, o ideal de toda a gente.

Do livro *Vida vertiginosa.*

OS LIVRES ACAMPAMENTOS DA MISÉRIA

CERTO JÁ ouvira falar das habitações do morro de Santo Antônio, quando encontrei, depois da meia-noite, aquele grupo curioso — um soldado sem número no boné, três ou quatro mulatos de violão em punho. Como olhasse com insistência tal gente, os mulatos que tocavam de súbito emudeceram os pinhos, e o soldado, que era um rapazola gigante, ficou perplexo, com um evidente medo. Era no largo da Carioca. Alguns elegantes nevralgicamente conquistadores passavam de ouvir uma companhia de operetas italiana e paravam a ver os malandros que me olhavam e eu que olhava os malandros num evidente início de escandalosa simpatia. Acerquei-me.

— Vocês vão fazer uma "seresta"?
— Sim, senhor,
— Mas aqui no largo?
— Aqui foi só para comprar um pouco de pão e queijo. Nós moramos lá em cima, no morro de Santo Antônio...

Eu tinha do morro de Santo Antônio a ideia de um lugar onde pobres operários se aglomeravam à espera de habitações, e a tentação veio de acompanhar a "seresta" morro acima, em sítio tão laboriosamente grave. Dei o necessário para a ceia em perspectiva e declarei-me irresistivelmente preso ao violão. Graças aos céus não era admiração. Muita gente, no dizer do grupo, pensava do mesmo modo, indo visitar os seresteiros no alto da montanha.

— "Seu" Tenente Juca — confidenciou o soldado — ainda ontem passou a noite inteira com a gente. E ele quando vem, não quer continência nem que se chame de "seu" tenente. É só Juca... V. S. também é tenente. Eu bem que sei...

Já por esse ponto da palestra nós íamos nas sombras do teatro lírico. Neguei fracamente o meu posto militar, e começamos a subir o celebrado morro, sob a infinita palpitação das estrelas. Eu ia à frente com o soldado jovem, que me assegurava do seu heroísmo. Atrás, o resto do bando tentava cantar uma modinha a respeito de uns olhos fatais. O morro era como qualquer outro morro. Um caminho amplo e maltratado, descobrindo de um lado, em planos que mais e mais se alargavam, a iluminação da cidade, no admirável noturno de sombras e de luzes, e apresentando de outro as fachadas dos prédios familiares ou as placas de edifícios públicos — um hospital, um posto astronômico. Bem no alto, aclarada ainda por um civilizado lampião de gás, a casa do dr. Pereira Reis, o matemático professor. Nada de anormal e nem vestígio de gente.

O bando parou, afinando os violões. Essa operação foi difícil. O cabrocha que levava o embrulho do pão e do queijo, embrulho a desfazer-se, estava no começo de uma tranquila embriaguez, os outros discutiam para onde conduzir-me. O soldado tinha uma casa. Mas o Benedito era o presidente do Clube das Violetas, sociedade cantante e dançante com sede lá em cima. Havia também a casa do João Rainha. E a casa da Maroca? Ah! Mulher! Por causa dela já o jovem praça levara três tiros. Eu olhava e não via a possibilidade de tais moradas.

— Você canta, tenente?

— Canto, mas vim especialmente para ouvir e para ver o samba.

— Bem. Então, entremos.

Desafinadamente, os violões vibraram. Benedito cuspiu, limpou a boca com as costas da mão e abriu para o ar a sua voz áspera:

O morro de Santo Antônio
Já não é morro nem nada...

Vi, então, que eles se metiam por uma espécie de corredor encoberto pela erva alta e por algum arvoredo. Acompanhei-os, e dei num outro mundo. A iluminação desaparecera. Estávamos na roça, no sertão, longe da cidade. O caminho que serpeava descendo era ora estreito, ora largo, mas cheio de depressões e de buracos. De um lado e de outro casinhas estreitas, feitas de tábuas de caixão, com cercados, indicando quintais. A descida tornava-se difícil. Os passos falhavam, ora em bossas em relevo, ora em fundões perigosos. O próprio bando descia devagar. De repente parou, batendo a uma porta.

— Epa, Baiano! Abre isso...

— Que casa é esta?

— É um botequim.

Atentei. O estabelecimento, construído na escarpa, tinha vários andares, o primeiro à beira do caminho, o outro mais embaixo sustentado por uma árvore, o terceiro ainda mais abaixo, na treva. Ao lado, uma cerca, defendendo a entrada geral dos tais casinhotos. De dentro, uma voz indagou quem era.

— É o Constanço, rapaz, abre isso. Quero cachaça.

Abriu-se a porta lateral e apareceu primeiro o braço de um negro, depois a parte do tronco e finalmente o negro todo. Era um desses tipos que se encontram nos maus lugares, muito amáveis, muito agradáveis, incapazes de brigar e levando vantagem sobre os valentes. A sua voz era dominada por uma voz de mulher, uma preta que de dentro, ao ver quem pagava, exigiu logo 600 réis pela garrafa.

— Mas, 600, dona...

— À uma hora da noite, fazer o homem levantar em ceroulas, em risco de uma constipação...

Mas Benedito e os outros punham em grande destaque o pagador da passeata daquela noite, e, não resistindo à curiosidade, eles abriram a janela da barraca, que ao mesmo tempo serve de balcão. Dentro ardia sujamente uma candeia, alumiando prateleiras com cervejas e vinhos. O soldadinho, cada vez mais tocado, emborcou o copo para segredar coisas. O Baiano saudou com o ar de quem já foi criado de casa rica. E aí, parados enquanto o pessoal tomava parati como quem bebe água, eu percebi, então, que estava numa cidade dentro da grande cidade.

Sim. É o fato. Como se criou ali aquela curiosa vila de miséria indolente? O certo é que hoje há, talvez, mais de 500 casas e cerca de 1.500 pessoas abrigadas lá por cima. As casas não se alugam. Vendem-se. Alguns são construtores e habitantes, mas o preço de uma casa regula de 40 a 70 mil-réis. Todas são feitas sobre o chão, sem importar as depressões do terreno, com caixões de madeira, folhas de flandres, taquaras. A grande artéria da "urbe" era precisamente a que nós atravessamos. Dessa, partiam várias ruas estreitas, caminhos curtos para casinhotos oscilantes, trepados uns por cima dos outros. Tinha-se, na treva luminosa da noite estrelada, a impressão lida da entrada do arraial de Canudos, ou a funambulesca ideia de um vasto galinheiro multiforme. Aquela gente era operária? Não. A cidade tem um velho pescador, que habita a montanha há vários lustros, e parece ser ouvido. Esse pescador é um chefe. Há um intendente-geral, o agente Guerra, que ordena a paz em nome do dr. Reis. O resto é cidade. Só na grande rua que descemos encontramos mais dois botequins e uma casa de pasto, que dá ceias. Estão fechadas, mas basta bater, lá dentro abrem. Está tudo acordado, e o parati corre como não corre a água.

Nesta empolgante sociedade, onde cada homem é apenas um animal de instintos impulsivos, em que ora se é muito amigo e grande inimigo de um momento para outro, as amizades só se demonstram com uma exuberância de abraços e de pegações e de segredinhos assustadora — há o arremedo exato de uma sociedade constituída. A cidade tem mulheres perdidas, inteiramente da gandaia. Por causa delas têm havido dramas. O soldadinho vai-lhes à porta, bate:

— Ó Alice! Alice, cachorra, abre isso! Vai ver que está aí o cabo! Eu já andei com ela três meses.

— Que admiração, gente!... Todo o mundo!

Há casas de casais com união livre, mulheres tomadas. As serenatas param-lhes à porta, há raptos e, de vez em quando, os amantes surgem rugindo, com o revólver na mão. Benedito canta à porta de uma:

> Ai! tem pena do Benedito,
> Do Benedito Cabeleira.

Mas também há casas de famílias, com meninas decentes. Um dos seresteiros, de chapéu panamá, diz de vez em quando:

— Deixemos de palavrada, que aqui é família!

Sim, são famílias, e dormindo tarde, porque tais casas parecem ter gente acordada, e a vida noturna ali é como uma permanente serenata. Pergunto a profissão de cada um. Quase todos são operários, "mas estão parados". Eles devem descer à cidade e arranjar algum cobre. As mulheres, decerto também, descem a apanhar fitas nas casas de móveis, amostras de café na praça — "troços por aí". E a vida lhes sorri e não querem mais e não almejam mais nada. Como Benedito fizesse questão, fui até a sua casa, sede também do Clube das Violetas, de que é presidente. Para não perder tempo, Benedito saltou a cerca do quintal e empurrou a porta, acendendo uma candeia. Eu vi, então, isso: um espaço de teto baixo, separado por uma cortina de saco. Por trás dessa parede de estopa, uma velha cama, onde dormiam várias damas. Benedito apresentou vagamente:

— Minha mulher.

Para cá da estopa, uma espécie de sala com algumas figurinhas nas paredes, o estandarte do clube, o vexilo das

Violetas embrulhado em papel, uma pequena mesa, três homens moços roncando sobre a esteira na terra fria ao lado de dois cães, e, numa rede, tossindo e escarrando, inteiramente indiferente à nossa entrada, um mulato esquálido, que parecia tísico. Era simples. Benedito mudou o casaco e aproveitou a ocasião para mostrar-me quatro ou cinco sinais de facadas e de balaços no corpo seco e musculoso. Depois cuspiu:

— Epa, José, fecha...

Um dos machos que dormiam embrulhados em colchas de fita ergueu-se, e saímos os dois sem olhar para trás. Era tempo. Fora, afinando instrumentos, interminavelmente, os seresteiros estavam mesmo como "paus-d'água" e já se melindravam com referências à maneira de cantar de cada um. Então, resolvemos bater à porta da caverna de João Rainha, formando um barulho formidável. À porta — não era bem porta, porque abria apenas a parte inferior, obrigando as pessoas a entrarem curvadas — clareou uma luz, e entramos todos. Numa cama feita de taquaras dormiam dois desenvolvidos marmanjões, no chão João Rainha e um rapazola de dentes alvos. Nem uma surpresa, nem uma contrariedade. Estremunharam-se, perguntaram como eu ia indo, arranjaram com um velho sobretudo o lugar para sentar-me, hospitaleiros e tranquilos.

— Nós trouxemos ceia! — gaguejou um modinheiro.

Aí é que lembramos o pão e o queijo, esmagados, amassados entre o braço e o torso do seresteiro. Havia, porém, cachaça — a alma daquilo — e comeu-se assim mesmo, bebendo aos copos o líquido ardente. O jovem soldadinho estirou-se na terra. Um outro deitou-se de papo para o ar. Todos riam, integralmente felizes, dizendo palavras pesadas, numa linguagem cheia de imprevistas imagens. João Rainha, com os braços muito tatuados, começou a cantar.

— O violão está no norte e você vai pro sul — comentou um da roda.

João Rainha esqueceu a modinha. E enquanto o silêncio se fazia cheio de sono, o cabra de papo para o ar desfiou uma outra compridíssima modinha. Olhei o relógio: eram três e meia da manhã.

Então, despertei-os com três ou quatro safanões:

— Rapaziada, vou embora.

Era a ocasião grave. Todos, de um pulo, estavam de pé, querendo acompanhar-me. Saí só, subindo depressa o íngreme caminho, de súbito ingenuamente receoso de que essa turnê noturna não acabasse mal. O soldadinho vinha logo atrás, lidando para quebrar o copo entre as mãos.

— Ó tenente, você vai hoje à Penha?

— Mas nem há dúvida.

— E logo vem ao samba das Violetas?

— Pois está claro.

Atrás, o bolo dos seresteiros berrava:

O morro de Santo Antônio
Já não é morro nem nada...

E quando de novo cheguei ao alto do morro, dando outra vez com os olhos na cidade, que embaixo dormia iluminada, imaginei chegar de uma longa viagem a um outro ponto da terra, de uma corrida pelo arraial da sordidez alegre, pelo horror inconsciente da miséria cantadeira, com a visão dos casinhotos e das caras daquele povo vigoroso, refestelado na indigência em vez de trabalhar, conseguindo bem no centro de uma grande cidade a construção inédita de um acampamento de indolência, livre de todas as leis. De repente, lembrei-me de que a varíola cairia ali ferozmente, que talvez eu tivesse passado pela toca de variolosos. Então, apressei o passo de todo. Vinham a empalidecer na pérola da madrugada as estrelas palpitantes e canoramente galos cantavam por trás das ervas altas, nos quintais vizinhos.

Do livro *Vida vertiginosa*.

HORA DE FUTEBOL
(Fragmentos)

É O NOVO *ground*. O Clube de Regatas do Flamengo tem, há 20 anos pelo menos, uma dívida a cobrar dos cariocas. Dali partiu a formação das novas gerações, a glorificação do exercício físico para a saúde do corpo e a saúde da alma. Fazer esporte há 20 anos ainda era para o Rio uma extravagância. As mães punham as mãos na cabeça, quando um dos meninos arranjava um haltere. Estava perdido. Rapaz sem *pince-nez*, sem discutir literatura dos outros, sem cursar as academias — era homem estragado.

E o Clube de Regatas do Flamengo foi o núcleo de onde irradiou a avassaladora paixão pelos esportes. O Flamengo era o parapeito sobre o mar. A sede do clube estava a dois passos da casa de Júlio Furtado, que protetoramente amparava o delírio muscular da rapaziada. As pessoas graves olhavam "aquilo" a princípio com susto. O povo encheu-se de simpatia. E os rapazes passavam, de calção e camisa de meia, dentro do mar a manhã inteira e a noite inteira.

JOÃO DO RIO, UMA ANTOLOGIA 61

Então, de repente, veio outro clube, depois mais outro, enfim uma porção. O Boqueirão, o Misericórdia, Botafogo, Icaraí estavam cheios de centros de regatas. Rapazes discutiam *muque* em toda parte. Pela cidade, jovens, outrora raquíticos e balofos, ostentavam largos peitorais e a musculatura herculeana dos braços. Era o delírio do *rowing*, era a paixão dos esportes. Os dias de regatas tornavam-se acontecimentos urbanos. Faltava apenas a sagração de um poeta. Olavo Bilac escreveu a sua celebrada "Salamina".

— Rapazes, foi assim que os gregos venceram em Salamina! Depois disso, há 16 anos, o Rio compreendeu definitivamente a necessidade dos exercícios, e o entusiasmo pelo futebol, pelo tênis, por todos os outros jogos, sem diminuir o da natação e das regatas, é o único entusiasmo latente do carioca.

Rendamos homenagem às Regatas do Flamengo!

O meu velho amigo, fraco e pálido, falava com ardor. Interrompeu-se para tossir. Continuou:

— Pois é este clube que inaugura hoje o seu campo de jogos. Haverá acontecimento maior? O Rio estará todo inteiro ali... Engasgou-se. O automóvel que passara a correr pelo palácio de José Carlos Rodrigues, onde se realizava a primeira recepção de inverno do ilustre jornalista, estacara. Estávamos à porta do novo campo de jogos. E o meu velho amigo precipita-se. A custo acompanhei-o por entre a multidão e, imprensado, quase esmagado, icei-me à arquibancada. Mas o aspecto era tal na sua duplicidade, que logo eu não soube se devia olhar o jogo do campo em que o Galo triunfava, ou se devia comover-me diante do frenesi romano da multidão.

Não! Há de fato uma coisa séria para o carioca — o futebol! Tenho assistido a *meetings* colossais em diversos países, mergulhei no povo de diversos países, nessas grandes festas de saúde, de força e de ar. Mas absolutamente nunca eu vi o fogo, o entusiasmo, a ebriez da multidão assim. Só pensando em antigas leituras, só recordando o Coliseu de Roma e o Hipódromo de Bizâncio.

O campo do Flamengo é enorme. Da arquibancada eu via o outro lado, o das gerais, apinhado de gente, a gritar, a mover-se, a sacudir os chapéus. Essa gente subia para a esquerda, pedreira acima, enegrecendo a rocha viva. Embaixo a mesma massa compacta. E a arquibancada — o lugar dos patrícios no circo romano — era uma colossal, formidável corbelha de belezas vivas, de meninas que pareciam querer atirar-se e gritavam o nome dos jogadores, de senhoras pálidas de entusiasmo, entre cavalheiros como tontos de perfume e também de entusiasmo.

(...)

Os gritos, as exclamações cruzavam-se numa balbúrdia. Os jogadores destacavam-se mais na luz do ocaso. E de todos os lados subia o clamor da turba, um clamor de circo romano, um clamor de Hipódromo no tempo em que era basilissa Teodora, a maravilhosa...

Nervoso, agitado, sem querer, ia também gritar por Galo, que vencia e que eu via pela primeira vez. Mas o delírio chegara ao auge. O meu velho amigo dizia, quase desmaiado:

— Venceu o Flamengo por um escore de 4 x I.

À porta, 500 automóveis buzinavam, bufavam, sirenavam. E as duas portas do campo golfavam para a frente do Guanabara mais de seis mil pessoas arrasadas pela emoção paroxismada do futebol.*

Do livro *Pall-Mall Rio de José Antonio José.*

*Nesta crônica, escrita em 1916, de que excluímos a parte mundana (relação das senhoras e senhoritas presentes ao espetáculo), João do Rio se refere à inauguração do antigo campo do C. R. Flamengo, na rua Paissandu.

GUIMARÃES PASSOS

(Trecho do discurso de recepção na Academia Brasileira de Letras)

POR UMA certa manhã dos fins do século passado — quase quatro lustros antes da terminação desse memorável século da ciência, da luz e do positivismo — um jovem poeta de Maceió resolveu acompanhar a bordo três amigos, que de viagem se faziam para a corte, capital do Império. O poeta era um belo mancebo tropical. Alto, elegante, bíceps gigantes, largo busto com o desabrocho da cintura estreita, longas mãos, cabeleira crespa, formavam-lhe a beleza máscula; e, quando ria, um riso jovial, entre a ironia satisfeita e a ingenuidade irônica, mostrava aos que o ouviam uma esplêndida dentadura de 32 belos dentes. Era forte, era são, esse mancebo amável. Chamava-se Sebastião Cícero dos Guimarães Passos, e, já na cidade provinciana, cabeça das Alagoas, de costume abandonava o lar que o adorava, aprazendo-se em viver pelas reuniões boêmias e tendo como única profissão a de fazer versos e como único ideal o de continuar a fazer versos.

O moço poeta entrou para o navio com as melhores disposições de voltar à terra uma hora depois. Como sempre foi, e ainda é costume apenas nas viagens por mar afogar as despedidas numa bebida qualquer, bebida em comum, o poeta e os três viajantes abancaram no convés em torno de uma pequena mesa. A conversa animou-se. Os que partiam confiavam esperanças; o poeta animava tão nobres sentimentos de luta e de vitória. De leve, a brisa soprava; uma quieta paz modorrava no convés ensolarado; asas de pássaros riscavam rápidas o ar azul brilhante. O poeta sentia-se bem. E a tarde vinha caindo docemente...

Quando por tal deu, Sebastião dos Guimarães Passos ergueu-se, estreitou nos braços comovidos os três amigos, e com seu passo solene — o passo heráldico, como vieram depois a denominá-lo — encaminhou-se para o portaló. Aí viram seus olhos mover-se a paisagem e no oceano, que é mais ou menos verde, borbotões de espuma branca. O navio singrava havia meia hora e dentro em pouco estaria em alto-mar. Sebastião sorriu e voltou aos amigos. Os amigos foram ao comandante. O comandante, velho lobo do mar, como em geral os comandantes dos romances inverossímeis, riu bondosamente. Que fazer? Já agora era continuar. Deu ao poeta cama, a sua própria roupa branca e de tal forma se agradou daquele mancebo importante que, ao chegar à Bahia, propôs trazê-lo à corte. O poeta aceitou. Em Salvador escreveu um soneto saudoso, e, verificando ter apenas nas algibeiras duas moedas de tostão, resolveu, para não ter nenhuma, comprar uma laranja. O comandante, a quem pretendia ofertá-la, compreenderia o sacrifício. Mas ao voltar para bordo, colocou a laranja na cabine e, ao chegar ao fim da imprevista viagem, após despedidas, agradecimentos, promessas de eterna lembrança e o desembarque difícil sob o calor pesado, achou-se no cais do Mercado o poeta com a laranja na mão. Há esquecimentos providenciais. Esquecendo dar ao bondoso lobo do mar o presente modesto, agira o poeta movido pelo destino. Assim, pelo destino removido, olhou a rua, reparou nos mercadores, fitou a laranja, e logo pensou em desfazer-se de duas dessas três coisas por uma quarta. Passou o pomo cheiroso ao primeiro fruteiro, em troca de uma pequena moeda de prata. E, seguro de sua mocidade, caminhou como velho frequentador para a rua do Ouvidor, que nunca vira.

De certas figuras humanas não se pode falar senão no estilo das histórias românticas. Sebastião Cícero dos Guimarães Passos foi sempre uma fisionomia da narrativa, uma criação do romance alheia à vida normal. Nunca agiu por conta própria, deixando ao destino tal esforço. O destino estimava a confiança e, talvez agradecido, fez dessa vida uma série de acasos simples, uma perpétua legenda. Guimarães deixou a terra natal por acaso e chegou ao centro intelectual do país com 500 réis e alguns sonetos, por acaso. Era da província. Podia conquistar tudo quanto os provincianos conquistam com um pouco de perseverança. Apenas continuou entregue ao destino, com tranquilidade e calma sorridente. Ao entrar à rua do Ouvidor, outro teria temores. Ele não. Parou à porta de um jornal, viu um literato também jovem e também de cabeleira, indagou-lhe o nome, apresentou-se, recitou o seu soneto mais bonito. À noite, era amigo íntimo da jovem geração daquele tempo, e, uma semana depois, os ardentes reformadores da estética de então já o citavam pelas gazetas e dele não prescindiam nas noitadas boêmias. Guimarães

Passos não queria mais. E toda vida, mais não desejou, como a derradeira personificação do que chamamos boêmia.

A boêmia! A boêmia é uma feição transitória da mocidade, que deve ser brevíssima. Nela desperdiçamos energias e criamos a hostilidade ao ambiente real. La Bruyère, se a conhecesse, certo havia de considerá-la um vício. Na literatura, ela foi bem sempre um vício intermitente, que chegou ao apogeu no período romântico. A nossa arte, propriamente nacional, começou nesse período, de maneira que tomou o vício como qualidade fundamental. Durante muito tempo, o escritor não passava no Brasil de um curioso anormal, desprendido das coisas terrenas, sem roupa, sem conforto, sem dinheiro, sem pouso certo, lacrimosamente dentro do seu sonho, a escrever sobre mesas de duvidoso asseio os poemas inspirados por uma bela hipotética. Não era conveniente para ter estro pensar no dia de amanhã, beber com medida vinhos bons e julgar-se normalmente feliz. A literatura era desgraçada. A influência europeia de grandes artistas, aliás bem práticos, agindo entre nós com o auxílio do Equador, exagerava e abusava. Os poetas como Castro Alves, Álvares de Azevedo, o pobre Casimiro julgavam-se infelicíssimos. A poesia era uma sinistra floresta, onde o soluço vivia. As gerações literárias custavam a mudar de ideal. Enquanto Victor Hugo economizava e Théophile Gautier e a banda romântica instalavam no alvorescente *boulevard* o dandismo dos suculentos jantares do Café de Paris, só pensando em imitar Victor Hugo, Lamartine, Chateaubriand, os nossos poetas cantavam como o trovador que ainda hoje aparece nas cromolitografias morrendo de penúria em frente à janela de uma senhora intratável.

A última geração, a que se veio juntar Sebastião Cícero dos Guimarães Passos, já não tinha esse paciente ideal. Ao contrário. Queria mais, aspirava mais, fazia com fúria a bancarrota da boêmia, e, vivendo ao deus-dará, desfazendo ídolos, atacando o burguês, republicana na monarquia, revolucionária na ordem, aristocrática posto que igualitária, esperava o momento de vencer.

Do livro *Psicologia urbana*.

O DIA DE UM HOMEM EM 1920

(Escrito em 1910)

Dentro de três meses, as grandes capitais terão um serviço regular de bondes aéreos denominados *aerobus*. O último invento de Marconi é a máquina de estenografar. As ocupações são cada vez maiores, as distâncias menores e o tempo cada vez chega menos. Diante desses sucessivos inventos e da nevrose de pressa hodierna, é fácil imaginar o que será o dia de um homem superior dentro de dez anos, com este vertiginoso progresso que tudo arrasta...

O HOMEM Superior deitou-se às três da manhã. Absolutamente enervado por ter de aturar uma ceia com champanha e algumas cocotes milionárias, falsas da cabeça aos pés porque é falsa a sua cor, são falsas as olheiras e sobrancelhas, são falsas as pérolas e falsa a tinta do cabelo nessa ocasião, por causa da moda, em todas as belezas profissionais "beije foncé". Acorda às seis, ainda meio escuro, por um movimento convulsivo dos colchões e um jato de luz sobre os olhos produzido pelo despertador elétrico último modelo de um truste pavoroso.

— Caramba! Já seis!

Aperta um botão e o criado-mudo abre-se em forma de mesa apresentando uma taça de café minúscula e um cálice também minúsculo do elixir nevrostênico. Dois goles; ingere tudo. Salta da cama, toca noutro botão, e vai para diante do espelho aplicar à face a navalha maravilhosa que em 30 segundos lhe raspa a cara. Caminha para o quarto de banho, todo branco, com uma porção de aparelhos de metal. Aí o espera um homem que parece ser o criado.

— Ginástica sueca, ducha escocesa, jornais.

Entrega-se à ginástica olhando o relógio. De um canto, ouve-se uma voz fonográfica de leilão.

— Últimas notícias: hoje, à uma da manhã, incêndio quarteirão leste, 40 prédios, 700 feridos, virtude mau funcionamento Corpo de Bombeiros. Seguro prédios dez mil contos. Ações Corpo baixaram. Hoje, 2h12 um *aerobus* rebentou no ar perto do Leme. Às 12h45, presidente recebeu telegrama encomenda pronta Alemanha, 500 aeronaves de guerra. O cinematógrafo Pão de Açúcar em sessão contínua estabeleceu em suportes de ferro mais cinco salas. Anuncia-se o *crack* da Companhia da Exploração Geral das Zonas Aéreas do Estreito de Magalhães. Em escavações para o Palácio da Companhia do Moto-Contínuo foi encontrado o esqueleto de um animal doméstico das civilizações primitivas: o burro.

Instalou-se neste momento, por quinhões, a Sociedade Anônima das Cozinhas Aéreas no Turquestão. O movimento ontem nos trens subterrâneos foi de três milhões de passageiros.

As ações baixam. O movimento de *aerobus* de 8 milhões havendo apenas 20 desastres. O recorde da velocidade: chegando da República do Congo com três dias de viagem apenas, no seu aeroplano de *course*, o notável embaixador Zambeze. Foi lançada na Cafrária a moda das *toilettes pyrilampe* feitas de tussor luminoso. Fundaram-se ontem 300 companhias, quebraram 500, morreram 5 mil pessoas. Com a avançada idade de 38 anos, o marechal Ferrabraz deu ontem o seu primeiro tiro acertando por engano na cara do seu maior amigo, o venerando coronel Saavedra. Impossível a cura, aplicou-se a eletrocução...

Dez minutos. O Homem Superior está vestido. O jornal para de falar. O Homem bate o pé e desce por um ascensor ao 17º andar, onde estão a trabalhar 40 secretários.

Há em cada estante uma máquina de contar, e uma máquina de escrever o que se fala. O Homem Superior é presidente de 50 companhias, diretor de três estabelecimentos de negociações lícitas, intendente-geral da Compra de Propinas, chefe do célebre jornal *Eletro Rápido*, com uma edição diária de 6 milhões de telefonógrafos a domicílio, fora os 40 mil fonógrafos informadores das praças e a rede gigantesca que liga as principais capitais do mundo em agências colossais. Não se conversa. O sistema de palavras é por abreviatura.

— Desminta S. C. Aéreas. Ataque governo senil 29 anos. Some. Escreva.

Os empregados que não sabem escrever entregam à máquina de contar a operação, enquanto falam para a máquina de escrever.

Depois o Homem Superior almoça algumas pílulas concentradas de poderosos alimentos, sobe ao 30º andar num ascensor e lá toma o seu cupê aéreo que tem no vidro da frente, em reprodução cinematográfica, os últimos acontecimentos. São visões instantâneas. Ele tem que fazer passeios de inspeção às suas múltiplas empresas com receio de que o roubem, receio que, aliás, todos têm uns dos outros. O secretário ficou encarregado de fazer 80 visitas telefônicas e de sensibilizar em placas fonográficas as respostas importantes. Antes de chegar ao *bureau* da sua Companhia do Chá Paulista, com sede em Guaratinguetá, o aparelho Marconi instalado no forro do cupê comunica:

"Mandei fazer 15 vestidos pirilampos. Tua Berta."

"Ordem Paquin dez vestidos pirilampos. Condessa Antônia."

"Asilo dos velhos de 30 anos fundado embaixatriz da Argélia completou 12° aniversário, pede proteção."

"Governo espera ordem negócio aeroplanos."

"Casa 29 das Crianças Ricas informa falecimento sua filha Ema."

"Guerra cavalaria aérea riograndense cessada fantasma Pinheiro miragem."

O Homem Superior aproveita um minuto de interrupção do trânsito aéreo, pelo silvo do velocipaéreo do civil de guarda da Inspetoria de Veículos no Ar, e responde sucessivamente:

— Sim, sim, sim. Perfeito. Enterro primeira classe comunique Mulher Superior, Cortejo Carpideiras Elétricas. Oculte notícia cavalaria entrevista fantasma.

E continua a receber telegramas e a responder, quer ao ir quer ao voltar da companhia onde se produz um quilo de chá por minuto para abafar a produção chinesa, porque todas as senhoras, sem ter nada que fazer (nem mesmo com os maridos), levam a vida a tomar chá — o que, segundo o Conselho Médico, embeleza a cútis e adoça os nervos. Esse Conselho, de certo, o Homem comprou por muitos milhões e foi até aquela data o único Conselho de que precisou. A ciência *super omnia*...

Ao chegar de novo ao escritório central das suas empresas, tem mais a notícia da greve dos homens do mar contra os homens do ar. Os empregados das docas revoltam-se contra a insuficiência dos salários: 58$500 por dia de cinco horas, desde que os motoristas aéreos ganham talvez o dobro. O Centro Geral Socialista, de que o Homem Superior é superiormente sócio benemérito, concorda que os vencimentos devem ser igualados numa cifra maior que a dos homens do ar. Qual a sua opinião? É preciso pensar! Sempre a questão social! Se houvesse uma máquina de pensar? Mas ainda não há! Ele tem que resolver, tem que dar a sua opinião, opinião de que dependem exércitos humanos. Ao lado da sua ambição, do seu motor interno, deve haver uma bússola, e ele se sente, olhando o ar, donde fugiram os pássaros, igual a um desses animais de aço e carne que se debatem no espaço. Não é gente, é um aparelho.

Então, esquecido das coisas frívolas, inclusive do enterro da filha, telefona para o *atelier* do grande químico a quem sustenta vai para cinco anos, na esperança de realizar o sonho de Lavoisier: o homem surgindo da retorta; e volta a trabalhar, parado, mandando os outros, até a tarde.

Depois, sobe a relógio, ducha-se, veste uma casaca. Deve ter um banquete solene, um banquete de alimentos breves, inventado pela Sociedade dos Vegetaristas, cuja descoberta principal é a cenoura em confeitos.

O Homem Superior aparece, é amável. A sua casa de jantar é uma das maravilhas da cidade, toda de cristal transparente para que poderosos refletores elétricos possam dar aos convidados, por meio de combinações hábeis, impressões imprevistas; reproduções de quadros célebres, colorações cambiantes, fulgurações de incêndio e prateados tons de luar. No *coup du milieu*, um sorvete amargo que ninguém prova, a casa é um *iceberg* tão exato que as damas tremem de frio; no conhaque final, que ninguém toma por causa do artritismo, o salão inteiro flutua num incêndio de cratera. Para cada prato vegetal há uma certa música ao longe, que ninguém ouve por ser muito enervante.

As mulheres tratam negócios de modas desde que não têm mais a preocupação dos filhos. Algumas, as mais velhas, dedicam-se a um gênero muito usado outrora pelos desocupados: a composição de versos. Os homens digladiam-se polidamente, a ver quem embrulha o outro. O Homem, de alguns, nem sabe o nome. Indica-os por uma letra ou por um número. Conhece-os desde o colégio. Insensivelmente, acabado o jantar, aquelas figuras sem a menor cerimônia partem em vários aeroplanos.

— Já sabes da morte de Ema?

— Comunicaram-me — diz a Mulher Superior. —Tenho de descer à terra?

— Acho prudente. Os convites são feitos, hoje, pelo jornal.

— Pobre criança. E o governo?

— Submete-se.

— Ah! Mandei fazer...

— Uns vestidos pirilampos?

— Já sabes?

— É a moda.

— Sabes sempre tudo.

O Homem Superior sobe no ascensor para tomar o seu cupê aéreo. Mas sente uma tremenda pontada nas costas.

Encosta-se ao muro branco e olha-se num espelho. Está calvo, com uma dentadura postiça e corcova. Os olhos sem brilho, os beiços moles, as sobrancelhas grisalhas.

É o fim da vida. Tem 30 anos. Mais alguns meses e estalará. É certo. É fatal. A sua fortuna avalia-se numa porção de milhões. Sob os seus pés fracos um Himalaia de carne e sangue arqueja. Se descansasse?... Mas não pode. É da engrenagem. Dentro do seu peito estrangularam-se todos os sentimentos. A falta de tempo, numa ambição desvairada que o faz querer tudo, a terra, o mar, o ar, o céu, os outros astros para explorar, para apanhá-los, para condensá-los na sua algibeira, impele-o violentamente. O Homem rebenta de querer tudo de uma vez, querer apenas, sem outro fito senão o de querer, para aproveitar o tempo reduzindo o próximo. Faz-se necessário ir à via terrestre que o seu rival milionário arranjou em pontes pênseis, com jacarandás em jarras de cristal e canaleiras artificiais. Nem mesmo vai ver as amantes. Também, para quê?

De novo toma o cupê aéreo e parte, para voltar tarde, decerto, enquanto a Mulher Superior, embaixo, na terra, procura conservar materialmente a espécie com um jovem condutor de máquinas de 12 anos, que ainda tem cabelos.

Vai, de repente com um medo convulsivo de que o cupê aéreo abalroe um dos formidáveis *aerobus*, atulhados de gente, em disparada pelo azul sem-fim, aos roncos.

— Para? — indaga o motorista com a vertigem das alturas.

— Para a frente! Para a frente! Tenho pressa, mais pressa. Caramba! Não se inventará um meio mais rápido de locomoção?

E cai, arfando, na almofada, os nervos a latejar, as têmporas a bater, na ânsia inconsciente de acabar, de acabar, enquanto por todos os lados, em disparada convulsiva, de baixo para cima, de cima para baixo, na terra, por baixo da terra, por cima da terra, furiosamente, milhões de homens disparam na mesma ânsia de fechar o mundo, de não perder o tempo, de ganhar, lucrar, acabar...

Do livro *Vida vertiginosa*.

OS NOVOS FEITIÇOS DE SANIN
(Fragmento)

SANIN MORA agora na casa do famoso Ojô, o diretor social da feitiçaria. A casa de Ojô fica na rua dos Andradas, quase no começo, com um aspecto pobre e um cheiro desagradável. Quando batemos, a chuva rufava em torno um barulho ensurdecedor. Não nos responderam. Batemos de novo. Alguém de certo nos espiava. Afinal abriu-se a rótula e uma mulher apareceu.

— Baba Sanin?

— Não está.

— Venho mandado por um conhecido. Sem receio.

— A casa é de Emanuel...

— Ojô, sei bem. Foi o Miguel Pequeno que me mandou. Abre. — De novo a rótula fechou. A mulher ia consultar, mas não demorou muito que voltasse abrindo de esguelha e dizendo misteriosamente:

— Entre.

A sala tinha areia no assoalho, os móveis consertados indicavam que Ojô vive bem. Numa cadeira um fato branco engomado, e mais longe o chapéu de palha atestava a presença do feiticeiro.

— Então Sanin?

— Vem já.

Pouco tempo depois apareceu Sanin, de blusa azul e gorro vermelho, o tipo clássico do mina desaparecido, andando meio de lado, com o olhar desconfiado. O pobre diabo vive assustado com a polícia, com os jornais, com os agentes. Para o seu cérebro restrito de africano, desde que chegou, o Rio passa por transformações fantásticas. É um malandro, orgulhoso do feitiço e com um medo danado da cadeia. Fora de certo quase à força que aparecera, e só muito lentamente o pavor o deixou falar.

— Baba Sanin, o Miguel Pequeno mandou-me aqui para um negócio muito grave. Baba tem uns feitiços novos.

— Não tem...

— Eu sei que tem.

Abri a carteira, uma carteira de efeito, como usam os homens da praça, enorme, com fechos de prata.

— Não tenha medo. Se o Baba não me faz o trabalho, estou perdido. É a minha última esperança.

— Que trabalho?

Revolvi as notas da carteira, devagar, para mostrá-las. Tirei um papelzinho e misteriosamente murmurei:

— Aqui tem o nome dela...

Na cara do feiticeiro deslizou um sorriso diabólico:

— Ah! Ah... Está bom.

— Sanin, eu tenho fé nos santos, mas os outros feiticeiros não dão volta ao negócio.

— Você vai acabar. Olhe, pode contar...

Tudo neste mundo é esperança de dinheiro, de felicidade, de paz, e tanto vive de esperança o feiticeiro que a dá como as pobres criaturas que com ele a vão procurar.

Sanin começou a falar dos feitiços dos outros, lembrou-se dos seus aos bocados, e em pouco, com a esperança de ganhar mais, fazia-me revelações.

Cada feiticeiro tem feitiços próprios. Abubaca Caolho, o alcoólico da rua do Rezende, tem o *ibá*, cuia com pimenta-da-costa e ervas para fazer mal. Quando se fala do *ibá*, diz-se simplesmente o feitiço do Abubaca. *Gia*, cabeça de pato com lesmas e o cabelo da pessoa, é uma descoberta de Ojô e serve para enlouquecer. Quem quer enlouquecer o próximo, arranja ou falsifica a obra de Ojô.

— Mas Baba Sanin, como é que sabe tudo isso?

— Então não aprendi? Eu sei tudo.

E como sabe tudo, dá-me receitas. Fico sabendo, sem pasmo, sentado numa cadeira, que giba de camelo com corpo de macaco e um cabrito preto em ervas matam a gente e que esta descoberta é do celebrado João Alabá, negro rico e sabichão da rua Barão de São Félix, 76. Não é tudo, Sanin faz-me vagarosamente dar a volta ao armazém do feiticeiro. Eu tomo notas curiosas dessa medicina moral e física.

Para matar, ainda há outros processos. O malandrão Bonifácio da Piedade acaba um cidadão pacato apenas com cuspe, sobejos e 13 orações; João Alabá conseguirá matar a cidade com um porco, um carneiro, um bode, um galo preto, um jaboti e a roupa das criaturas, auxiliado apenas por dois negros nus com o *tessubá*, rosário, na mão, à hora da meia-noite; pipocas, braço de menino, pimenta-malagueta e pés de anjo arrancados ao cemitério matam em três dias; dois jabotis e dois caramujos, dois abis, dois orobós e terra de defunto sob sete orações que demorem sete minutos chamando sete vezes a pessoa, é a receita do Emídio para expedir desta vida os inimigos...

Há feitiços para tudo. Sobejo de cavalo com ervas e duas orações, segundo Alufá Ginja, produz ataques histéricos; um par de meias com o rastro da pessoa, ervas e duas orações, tudo dentro de uma garrafa, fá-la perder a tramontana; cabelo de defunto, unhas, pimenta-da-costa e ervas obrigam o indivíduo a suicidar-se; cabeças de cobras e de cágado, terra do cemitério e caramujos atrasam a vida tal qual como os pombos com ervas daninhas, e não há como pombas para fazer um homem andar para trás...

— Mas para dar sorte, caro tio?

— Há mão de anjo roubada ao cemitério em dia de sexta-feira.

— E para tornar um homem ladrão, por exemplo?

— Um rato, cabeça de gato, ervas, o nome da pessoa e orações.

— E para fazer um casal brigar?

— Cabeça de macaco, aranha e uma faca nova.

— E para amarrá-los por toda a vida?

O negro pensou, olhando-me fixamente:

— Um *obi*, um *orobô*, unhas dos pés e das mãos, pestanas e lesmas...

— Tudo isso?

— Preparado por mim.

Então Sanin fala-me dos seus feitiços. Sanin é poeta e é fantasista. Sob a dependência de Ojô, quase seu escravo, esse negro forte, de 40 anos, trouxe do centro da África a capacidade poética daquela gente de miolos torrados, as últimas novidades da fantasia feiticeira. Para conquistar, Sanin tem um breve, que se põe ao pescoço. O breve contém dois *tiras*, uma cabeça de pavão e um colibri, tudo colorido e brilhante; para amar eternamente, cabeças de rola em saquinhos de veludo; para apagar a saudade, pedras roxas do mar.

Quando lhe pagam para que torne um homem judeu errante, o preto prepara cabeças de coelho, a presteza assustada; pombos pretos, a dor; ervas do campo, e enterra em frente à porta do novo Ashaverus; quando pretende prender para sempre uma mulher, faz um breve de essências que o apaixonado sacode ao avistá-la, Sanin é também mau — mas de maneira interessante.

Os seus trabalhos de morte são os mais difíceis. Sanin ao meio-dia levanta no terreiro uma vara e reza. Pouco tempo depois sai da vara um marimbondo e o marimbondo parte, vai procurar a vítima, e não para enquanto não lhe inocula a morte.

O marimbondo é vulgar à vista do boto vivo metido dentro de uma caveira humana; em presença do feitiço do morcego, a asa que roça e mata a raposa e o lenço, e eu o fui encontrar pondo em execução o maior feitiço: baiacu de espinho com ovo de jacaré — que é o *babalaô* da água, baiacu que faz secar e inchar a vontade das rezas e domina as almas para todo o sempre.

— Mas por que você, um homem tão poderoso, não me queria receber?

— Porque andam a falar de nós, porque a polícia vem aí. Fizemos outro dia até um despacho no Campo de Santana com os dentes, os olhos de um carneiro, jabotis, ervas e duas orações para quem fala de nós deixar de falar.

— Mas por que um carneiro?

— Porque o carneiro morre calado. Foi o Antônio Mina quem fez o despacho e todos nós rezamos de bruços e todos nós demos para o despacho, que custou 183 mil-réis.

Então eu apanhei o meu chapéu, apertei a mão do fantasista Sanin.

— Pois fez mal, Baba, fez muito mal em dar o seu dinheiro, porque quem fala de vocês sou eu.

E como o negro aterrado abrisse a boca enorme, eu abri a carteira e o convenci de que todas as suas fantasias, arrancadas ao sertão da África, não valem o prazer de as vender bem.

Dinheiro, mortes e infâmia, as bases desse templo formidável do feitiço!

Do livro *As religiões no Rio.*

MODERN GIRLS

— XEREZ? Coquetel?

— Madeira.

Eram sete horas da noite. Na sala cheia de espelhos da confeitaria, eu ouvia com prazer o Pessimista, esse encantador romântico, o último cavalheiro que sinceramente odeia o ouro, acredita na honra, compara as virgens aos lírios e está sempre de mal com a sociedade. O Pessimista falava com muito juízo de várias coisas, o que quer dizer: falava contra várias coisas. E eu ria, ria desabaladamente, porque as reflexões do Pessimista causavam-me a impressão dos humorismos de um *clown* americano. De repente, porém, houve um movimento dos criados, e entraram em pé de vento duas meninas, dois rapazes e uma senhora gorda. A mais velha das meninas devia ter 14 anos. A outra teria 12 no máximo. Tinha ainda vestido de saia entravada, presa às pernas, como uma bombacha. A cabeça de ambas desaparecia sob enormes chapéus de palha com flores e frutas. Ambas mostravam os braços desnudos, agitando as luvas nas mãos. Entraram rindo. A primeira atirou-se a uma cadeira.

— Uff! Que já não posso!

— Mas que pândega!

— Não é, mamãe?

— Eu não sei, não. Se seu pai souber...

— Que tem? Simples passeio de automóvel.

A menor, rindo, aproximou-se do espelho.

— Mas que vento! Que vento! Estou toda despenteada...

Mirou-se. Instintivamente olhamos para o espelho. Era uma carita de criança. Apenas estava muito bem-pintada. As olheiras exageradas, as sobrancelhas aumentadas, os lábios avivados a carmim líquido faziam-lhe uma apimentada máscara de vício. Era decerto do que gostava, porque sorriu à própria imagem, fez uma caretinha, lambeu o lábio superior e veio sentar-se, mas à inglesa, traçando a perna.

— Que toma?

— Um chope.

A outra exclamou logo.

— Eu não, tomo *whisky and caxambu*.

— *All right*.

— E a mamã?

— Eu, minha filha, tomaria uma groselha. O senhor tem?

— Esta mamã com os xaropes!

E voltou-se. Entrava um sujeito de cerca de 40 anos, o olho vítreo, torcendo o bigode, nervoso. O sujeito sentou-se de frente, despachou o criado, rápido, e sem tirar os olhos do grupo, em que só a pequena olhava para ele, mostrou um envelope por baixo da mesa. A pequena deu uma gargalhada, fazendo com a mão um sinal de assentimento. E emborcou com galhardia o copo de cerveja.

Nem a mim, nem ao Pessimista aquela cena podia causar surpresa. Já a tínhamos visto várias vezes. Era mais um caso de precocidade mórbida, em que entravam com partes iguais o calor dos trópicos e a ânsia de luxo, e o desespero de prazer da cidade ainda pobre. Aqueles dois rapazes, aliás inteiramente vulgares, para apertar, apalpar e debochar duas raparigas, tinham alugado um automóvel, mas tendo nele a mãe por contrapeso. A boa senhora, esposa de um sujeito decerto sem muito dinheiro, consentira pelo prazer de andar de automóvel, pelo desejo de casar as filhas, por uma série de razões obscuras em que predominaria de certo o desejo de gozar uma vida até então apenas invejada. O homem nervoso era um desses caçadores urbanos. A menina, a troco de vestidos e chapéus, iria com ele talvez.

— É a perdição! — bradou o Pessimista.

— É a vida...

— Você é de um cinismo revoltante.

— E você?

O Pessimista olhou-me:

— Eu revolto-me!

— E o que adianta com isso?

— Satisfaço a consciência...

— Que é uma senhora cada vez mais complacente.

O Pessimista enrouqueceu de raiva. Eu, com um gesto familiar, tirei o chapéu às meninas que imediatamente corresponderam ao cumprimento.

— Oh, diabo! Conhecê-las!

— Nunca as vi mais gordas.

— E cumprimenta-as?

— Por isso mesmo: para as conhecer. É que essas duas meninas são, meu caro Pessimista, um caso social: um expoente da vida nova, a vida do automóvel e do velívolo. O homem brasileiro transforma-se, adaptando de bloco a civilização; os costumes transformam-se; as mulheres transformam-se. A civilização criou a suprema fúria das precocidades e dos apetites. Não há mais crianças. Há homens. As meninas, que aliás sempre se fizeram mais depressa mulheres que os meninos homens, seguem a vertigem. E o mal das civilizações, com o vício, o cansaço, o esgotamento, dá como resultado crianças pervertidas. Pervertidas em todas as classes; nos pobres por miséria e fome; nos burgueses por ambição de luxo; nos ricos por vício e degeneração. Certo, há muitíssimas raparigas puras. Mas estas, que se transformaram com o Rio, estas que há dez anos tomariam sorvete, de olhos baixos e acanhados, estas são as *modern girls*.

— Um termo inglês.

— Diga antes americano, porque americano é tudo que nos parece novo. Antigamente tremeríamos de horror. Hoje, estas duas pequenas são quase nada de grave. Semivirgens? Contaminadas de *flirt*? Sei lá! É preciso conhecer o Rio atual para apanhar o pavor imenso do que poderíamos denominar a prostituição infantil. Este é o caso bonito — não se aflija —, bonito à vista dos outros, porque os outros são sinistros. O que Paris e Lisboa e Londres, enfim as cidades europeias oferecem tão naturalmente, prolifera agora no Rio. A miséria desonesta manda as meninas, as crianças, para a rua e as explora. Há matronas que negociam com as filhas de modo alarmante. Há cavalheiros que fazem de colecionar crianças um esporte tranquilo. A cidade tem mesmo, não uma só, mas muitas casas publicamente secretas, frequentadas por meninas dos 12 aos 16 anos. Ainda outro dia vi uma menina de madeixas caídas e meia curta. Olhou-me com insolência e entrou numa casa secreta, que fica bem em frente ao ponto em que me achava. Estas talvez não façam isso ainda, estas são as eternas pedidas.

— As eternas pedidas?...

— Criaturinhas com o trópico, o vício das ruas, o apetite do luxo que não podem ter, criaturinhas que desde o colégio, desde os dez anos se enfeitam, põem pó de arroz, batom, e namoram. O lar está aberto aos milhares, como se diria antigamente nos dramalhões. Elas têm um noivo, quando deviam estar a pular a corda. É um rapaz alegre, que lhes ensina coisas e pitorescamente lhes *dá o fora* tempos depois, desaparecendo. Logo aparece outro. As meninas, por vício e mesmo porque lhes pareceria deprimente não ter um apaixonado permanente, recebem esse e com ele contratam casamento. Ao cabo de dois ou três meses a cena repete-se e vem em terceiro, de modo que é muito comum ouvir nas conversas das pobres mamães: "A minha filha vai casar.", "Ah! Já sei, com aquele rapaz alto, louro?", "Não. Agora é com aquele baixo, moreno, que em tempos namorou a filha do Praxedes..."

— Você é imoral...

— Estou a descrever-lhe um mal social apenas. Não é assim? É. São as *modern girls*. E o mesmo fenômeno se reproduz na alta sociedade, com mais elegância, sem a declaração de noivado oficial, mas com um *flirt* tão íntimo que se teme pensar não ser muito mais... Quais as ideias dessas pobres criaturinhas, meu caro Pessimista? Coitadinhas! Ingenuidade, a ingenuidade do mal espontâneo. Elas são antes vítimas do nome, da situação, do momento, da sociedade. Nenhuma delas tem plena convicção do que pratica. E algum de nós, neste instante vertiginoso da cidade, tem plena consciência, exata consciência do que faz?

— Estamos todos malucos.

— Di-lo você! O fato é que de repente nos atacou uma hiperfúria de ação, um subitâneo desencadear de desejos, de apetites desaçaimados. Não é vida, é a convulsão de um mundo social que se forma. O cinismo dos homens é o cinismo das mulheres, seres um tanto inferiores, educados para agradar os homens, vendo os homens difíceis, os casamentos sérios, o futuro tenebroso. As *modern girls!* Não imagina você a minha pena quando as vejo sorrindo com imprudência, copiando o andar das *cocottes*, exagerando o desembaraço, aceitando o primeiro chegado para o *flirt*, numa maluqueira de sentidos só comparável às crises rituais do vício asiático! Elas são modernas, elas são coquetes, elas querem aparecer, brilhar, superar. Elas pedem o louvor, o olhar concupiscente, como os artistas, os deputados, as *cocottes*; as palavras de desejo como os mais alucinados títeres da Luxúria. E tudo por imitação, porque o instante é esse, porque o momento desvairante é de um galope desenfreado de excessos sem termo, porque já não há juízo...

— Virou moralista?

— Como Diógenes, caro amigo.

Entretanto, o grupo das meninas e dos rapazes acabara as bebidas. Os rapazes estavam decerto com pressa de continuar os apertões nos automóveis.

— Vamos. Já 20 minutos.

— Não quer mais nada, mamã?

— Não, muito obrigada.

— Então, em marcha.

— Para a Beira-Mar!

— Nunca! — interrompeu um dos rapazes. — Vou mostrar-lhes agora o ponto mais escuro da cidade: o Jardim Botânico.

— Faz-se tarde. Olha teu pai, menina...

— Qual! Em dez minutos estamos lá! É um automóvel esplêndido.

— Partamos.

O bando ergueu-se. Houve um arrastar de cadeiras. Saiu a senhora gorda à frente. A menina mais velha seguia com um dos rapazes, que lhe segurava o braço. A menina menor também partia acompanhada pelo outro, que lhe dizia coisas ao ouvido. Ficamos sós — eu, o Pessimista e o homem nervoso da outra mesa —, o tempo, aliás, apenas para que o homem nervoso se levantasse e, tomando de um lenço que ficara esquecido na mesa alegre, o embrulhasse com a sua carta... A menor das pequenas voltava, rindo, a dizer alto para fora:

— Esperem, é um segundo...

Correu à mesa, apanhou o lenço com a carta, lançou um olhar malicioso ao homem e partiu lépida, sem se preocupar com o nosso juízo.

— Essas é que são as ingênuas? — berrou o Pessimista.

— Há ingênuas e ingênuas. Ingênuas xarope de groselha...

— E ingênuas *whisky and caxambu*?

— Exatamente. Esta, porém, é menos que *whisky*, e mais que xarope, é o comum das *modern girls* o que se pode chamar...

— Uma ingênua coquetel?

— E com ovo, excelente amigo, e com ovo!

Do livro *Vida vertiginosa.*

UM MENDIGO ORIGINAL

MORREU trasanteontem, às sete da tarde, de uma congestão, o meu particular amigo, o mendigo Justino Antônio.

Era um homem considerável, sutil e sórdido, com uma rija organização cerebral que se estabelecia neste princípio perfeito: a sociedade tem de dar-me tudo quanto goza, sem abundância, mas também sem o meu trabalho — princípio que não era socialista, mas era cumprido à risca pela prática rigorosa.

A primeira vez que vi Justino Antônio num alfarrabista da rua São José foi em dia de sábado. Tinha um fraque verde, as botas rotas, o cabelo empastado e uma barba de profeta, suja e cheia de lêndeas. Entrou, estendeu a mão ao alfarrabista.

— Hoje, não tem.

— Devo notar que há já dois sábados nada me dás.

— Não seja importuno. Já disse.

— Bem, não te zangues. Notei apenas porque a recusa não foi para sempre. Este cidadão, entretanto, vai ceder-me 500 réis.

— Eu!

— Está claro. Fica com esta despesinha a mais: 500 réis aos sábados. É melhor dar a um pobre do que tomar um chope. Peço, porém, para notares que não sou um mordedor, sou mendigo, esmolo, esmolo há 20 anos. Tens diante de ti um mendigo autêntico.

— E por que não trabalha?

— Porque é inútil.

Dei sorrindo a cédula. Justino não agradeceu e, quando o vimos pelas costas, o alfarrabista indignado prorrompeu contra o malandrim que com tamanho descaro arrancava os níqueis à algibeira alheia. Achei Justino original. Como mendigo era uma curiosa figura perdida em plena cidade, capaz de permitir um pouco de fantasia filosófica em torno de sua diogênica dignidade. Mas o mendigo desaparecera, e só um mês depois, ao sair de casa, encontrei-o à porta.

— Deves-me dois mil-réis de quatro sábados, e venho ver se me arranjas umas botas usadas. Estas estão em petição de miséria.

Fi-lo entrar, esperar à porta da saleta, forneci-lhe botas e dinheiro.

— E se me desses o almoço?

Mandei arranjar um prato farto, e com a gula de descrevê-lo, fui generoso.

— Vem para a mesa.

— A mesa e o talher são inutilidades. Não peço senão o que necessito no momento. Pode-se comer perfeitamente sem mesa e sem talher.

Sentou-se num degrau da escada e comeu gravemente o pratarraz. Depois pediu água, limpou as mãos nas calças e desceu.

— Espera aí, homem. Que diabo! Nem dizes obrigado.

— É inútil dizer obrigado. Só deste o que falta não te faria. E deste por vontade. Talvez fosse até por interesse. Deste-me as botas velhas como quem compra um livro novo. Conheço-te.

— Conheces-me?

— Não te enchas, vaidoso. Eu conheço toda a gente. Até para o mês.

— Queres um copo de vinho?

— Não. Costumo embriagar-me às quintas; hoje é segunda.

Confesso que o mendigo não me deixou uma impressão agradável. Mas era quanto possível novo, inédito, com a sua grosseria e as suas atitudes de Sócrates de ensinamentos. E diariamente lembrava a sua figura, a sua barba cheia de lêndeas...

Uma vez vi-o na galeria da Câmara, na primeira fila, assistindo aos debates e, na mesma noite, entrando num teatro do Rocio, o empresário desolado disse-me:

— Ah! Não imaginas a vazante! É tal que mandei entrar o Justino.

— Que Justino?

— Não conheces? Um mendigo, um tipo muito interessante, que gosta de teatro. Chega à bilheteira e diz: "Hoje não arranjei dinheiro. Posso entrar?" A primeira vez que me vieram contar a pilhéria, achei tanta graça que consenti. Agora, quando arranja dez tostões compra a senha sem dizer palavra e entra. Quando não arranja, repete a frase e entra. Um que mal faz?

Fui ver o curioso homem. Estava em pé na geral, prestando uma sinistra atenção às facécias de certo cômico.

— Justino, por que não te sentas?

— É inútil. Vejo bem de pé.

— Mas o empresário...

— Contento-me com a generosidade do empresário.

— Mas na Câmara estavas sentado.

— Lá é a comunhão que paga.

Insisti no interrogatório, a falar da peça, dos atores, dos prazeres da vida, do socialismo, de uma porção de coisas fúteis, a ver se o mendigo falava. Justino conservou-se mudo. No intervalo convidei-o a tomar uma soda, por não ser quinta-feira.

— Soda é inútil. Estás a aborrecer-me. Vai embora.

Outra qualquer pessoa ficaria indignadíssima. Eu curvei resignadamente a cabeça e abalei vexado.

A voz daquele homem, branca, fria, igual, no mesmo tom, era inexorável.

— É um tipo o teu espectador — disse ao empresário.

— Ah!... Ninguém lhe arranca palavra. Sabes que nunca me disse obrigado?

Eu andava precisamente neste tempo a interrogar mendigos para um inquérito à vida da miséria urbana e alguns dos artigos já haviam aparecido. Dias depois, estando a comprar charutos, entra pela tabacaria adentro o homem estranho.

— Queres um charuto?

— Inútil. Só fumo às terças e aos domingos. Os charuteiros fornecem-me. Entrei para receber os meus dois milréis atrasados e para dizer que não te metas a escrever a meu respeito.

— Por quê?

— Porque abomino a minha pessoa em letra de fôrma, apesar de nunca a ter visto assim. Se fizeres a feia ação, sou forçado a brigar contigo, sempre que te encontrar.

A perspectiva de rolar na via pública com um mendigo não me sorria. Justino faria tudo quanto dissera. Depois era um fenômeno de hipnose. Estava inteiramente dominado, escravizado àquela figura esfingética da lama urbana, não tinha forças para resistir à sua calma e fria vontade. Oh! Ouvir esse homem! Saber-lhe a vida!

Como certa vez entretanto, à uma hora da manhã, atravessasse o equívoco e silencioso jardim do Rocio, vi uma altercação num banco. Era o tempo em que a polícia resolvera não deixar os vagabundos dormirem nos bancos. Na noite de luar, dois guardas civis batiam-se contra um vulto esquálido de grandes barbas. Acerquei-me. Era ele.

— Vamos, seu vagabundo.

— É inútil. Não vou.

— Vai à força!

— É inútil. Sabem o que é este banco para mim? A minha cama de verão há 12 anos! De uma hora em diante, por direito de hábito, respeitam-na todos. Tenho visto passar muito guarda, muito suplente, muito delegado. Eles vão-se, eu fico. Nem tu, nem o suplente, nem o comissário, nem o delegado, nem o chefe serão capazes de me tirar esse direito. Moro neste banco há uma dúzia de anos. Boa-noite.

Os civis iam fazer uma violência. Tive de intervir, convencê-los, mostrar autoridade, enquanto Justino, recostado e impassível, dizia:

— Deixa. Eles levam-me, eu volto.

Afinal os guardas acederam, e Justino deitou-se completamente.

— Foi inútil. Não precisava. Mas eu sou teu amigo.

— Meu amigo?

— Certo. Nunca te pedi nada que te pudesse fazer falta e nunca te menti. Fica certo. Sou o teu melhor amigo, sou o melhor amigo de toda a gente.

— E não gostas de ninguém.

— Não é preciso gostar para ser amigo. Amigo é o que não sacrifica.

E desde então comecei a sacrificar-me voluntariamente por ele, a correr à polícia quando o sabia preso, a procurá-lo quando não o via e desesperado porque não aceitava mais de dois mil-réis da minha bolsa, e dizia, inexorável, a cada prova da minha simpatia.

— É inútil, inteiramente inútil!

Durante três anos dei-me com ele sem saber quantos anos tinha ou onde nascera. Nem isso. Apenas ao cabo de seis meses consegui saber que fumava aos domingos e às terças, embebedava-se às quintas, ia ao teatro às sextas e às segundas, e todo dia à Câmara. Nas noites de chuva dormia no chão! numa hospedaria; em noites secas no seu banco. Nunca tomava banho, pedia pouco, e ao menor alarde de generosidade, limitava o alarde com o seu desolador: é inútil. Teria tido vida melhor? Fora rico, sábio? Amara? Odiara? Sofrera? Ninguém sabia! Um dia disse-lhe:

— A tua vida é exemplar. És o Buda contemporâneo da avenida.

Ele respondeu:

— É um erro servir de exemplo. Vivo assim porque entendo viver assim. Condensei apenas os baixos instintos da cobiça, exploração, depravação, egoísmo em que se debatem os homens se na consciência de uma vontade que se restringe e por isso é forte. Numa sociedade em que os parasitas tripudiam, é inútil trabalhar. O trabalho é de resto inútil. Resolvi conduzir-me sem ideias, sem interesse, no meio do desencadear de interesses confessados e inconfessáveis. Sou uma espécie de imposto mínimo, e por isso nem sou malandro, nem mendigo, nem um homem como qualquer, porque não quero mais do que isso.

— E não amas?

— Nem a mim mesmo porque é inútil. Desses interesses encadeados resolvi, em lugar de explorar a caridade ou outro gênero de comércio, tirar a percentagem mínima, e daí o ter vivido sem esforço com todos os prazeres da sociedade, sem invejas e sem excessos, despercebido como o invisível. Que fazes tu? Escreves? Tempo perdido com pretensões a tempo ganho. Que gozas tu? Teatros, jantares, festas em excesso nos melhores lugares. Eu gozo também quando tenho vontade, no dia de porcentagem no lugar que quero — o menor, o insignificante —, os teatros e tudo quanto a cidade pode dar de interessante aos olhos. Apenas sem ser apontado e sem ter ódios.

— Que inteligência a tua!

— A verdadeira inteligência é a que se limita para evitar dissabores. Tu podes ter contrariedades. Eu nunca as tive. Nem as terei. Com o meu sistema, dispenso-me de sentir e de fingir, não preciso de ti nem de ninguém, retirando dos defeitos e das organizações más dos homens o subsídio da minha calma vida.

— É prodigioso.

— É um sistema, que serias incapaz de praticar, porque tu és como todos os outros, ambicioso e sensual.

Quando soube da sua morte corri ao necrotério a fazer-lhe o enterro. Não era possível. Justino tinha deixado um bilhete no bolso pedindo que o enterrassem na vala comum "a entrada geral do espetáculo dos vermes".

Saí desolado porque essa criatura fora a única que não me dera nem me tirara, e não chorara, e não sofrera e não gritara, amigo ideal de uma cidade inteira fazendo o que queria sem ir contra pessoa alguma, livre de nós como nós livres dele, a dez mil léguas de nós, posto que ao nosso lado.

E também com certa raiva — porque não dizê-lo? — porque o meu interesse fora apenas o desejo teimoso de descobrir um segredo que talvez não tivesse.

Enfim morreu. Ninguém sabia da sua vida, ninguém falou da sua morte. Um bem? Um mal?

Nem uma nem outra coisa, porque, afinal, na vida tudo é inteiramente inútil...

Do livro *Vida vertiginosa*.

NO MIRADOURO DOS CÉUS

HÁ TRÊS DIAS, a pouco e pouco, a conversa dos homens, os interesses imediatos, os conhecimentos das banalidades diuturnas foram deixando de interessar-me. Eu bebi um filtro, o filtro da imensidade e do páramo. No comboio em que rolei incomodamente 18 horas, tinha ideias frias e práticas. Vinha conversar coisas graves com cidadãos graves. Não conversei. Não conversarei. Deixo de existir dentro de uma estranha, contínua, miraculosa sinfonia. E na estação, ao tomar uma viatura que me levasse ao trabalho, olhei o espaço e tive a previsão subitânea. Murmurei como um dipsômano diante de licor irresistível ou o sensual casto na tentação de um cortejo de baiadeiras nuas:

— Estou perdido...

A condução seguia e eu olhava, fechava os olhos, tornava a olhar. De modo que, quando cheguei ao hotel, foi só o tempo de desempoeirar-me e sair. Pobre de mim ou pobres dos outros homens? Como devo parecer esquisito aos calmos transeuntes e ao porteiro do hotel, que me vê chegar a horas mortas e sair pela madrugada! É que nesse píncaro se dá a coincidência entre a minha alma e o espírito da natureza. O meu coração diz em surdina os versos de Shelley, na *Rainha Mab*:

Espírito da Natureza! Vida das poderosas esferas, cuja marcha atravessa o profundo silêncio do Céu!

Da terra de Minas, tão rica de tradição, eu conhecia as impressões um pouco rodembaqueanas, tecidas em torno das cidades semimortas: Ouro Preto, Vila Rica, São João d'El-Rei. No comboio alguns cavalheiros davam-me opinião.

— Vai a Belo Horizonte? Que horror! Que poeira!

E duvidava mesmo de uma cidade organizada por encomenda, num anfiteatro de montanhas, *colosseu* ondulado, onde outrora guardavam os bois vindos de Goiás para a Contagem, que era um pouco adiante. Assim, a minha impressão seria arrependimento, se não fosse inebriamento.

Inebriamento, sim! Os meus olhos viram os luares do Bósforo e as rosáceas aurorais do deserto, os desfiladeiros gelados dos Cárpatos e as luminosidades mediterrâneas, as grandes capitais e as aldeias que são cidadelas, as paisagens de bruma e as paisagens de fulgor. A meu lado caminhava o heroísmo da tradição e eu não via o quadro sem pensar nos homens. Belo Horizonte foi feita outro dia como uma prova tranquila de energia. Mas de tal forma os que a fizeram e traçaram estavam embebidos do sentimento impessoal da Beleza, que a cidade inteira definitivamente é um miradouro do céu.

Nas imensas avenidas, maravilhosamente arborizadas; nas largas ruas, onde as árvores se fazem ornamentos de penetrante encanto, não se pode discutir a modéstia das construções nem o mau gosto decorativo dos palacetes. Essas casas alinharam-se esteticamente para um exército de contemplativos. Quando se deixa de olhar a sequência de apoteoses e se repara numa casa ou nos transeuntes, os homens dão uma impressão moderna, bem-vestidos e corretos; as mulheres são tão bonitas, com tais olhos e tais epidermes, que nos parecem o prolongamento da beleza do ambiente. Voltamos a admirar, com a sensualidade do espírito, que é insaciável e frenética.

Em Belo Horizonte, as Horas, filhas de Têmis, são as incansáveis ancilas do maravilhamento da Natureza, as reveladoras do espírito do céu. Vêm em grupos e cantam na cor do silêncio. Pela madrugada, quando a treva guarda a sucessão arborestal dos parques e as estrelas se apagam, as primeiras descem do céu nuas, com os pés de rosa e o corpo de luar. E, ágeis e leves, começam a rasgar as gazes das sombras. Então o céu ressuscita aos poucos. É a princípio um palor, depois um tom mais vivo. As Horas desfazem os açafates de flores. E são violetas, e são hortênsias, e são rosas, e são junquilhos e jasmins e manacás. Depois, quando virginalmente o dia nasce, elas barram o horizonte de flores rubras, e o sol desponta para a sua parábola de ouro num cendal de pétalas de lacre, em frouxéis de sangue. O seu primeiro olhar projeta um brilho de diamante. Os montes recurvos, a cidade ondulada espreguiçam-se numa doçura ingênua e casta. Uma poalha de cristal em que se eterizam os rubores da aurora parece ligar o céu e a terra. E o primeiro bando das Horas foge, recolhendo rosas, jasmins, tuberosas, violetas, manacás, hortênsias, cravos, enquanto dos canistréis atopetados caem e rolam e se desfolham as flores de ouro do ipê...

É que vem chegando o bando mais grave e mais numeroso das Horas, que marcam o dia. Há no ar nitidamente uma pausa, como nos momentos supremos das ascensões. O sol cintila para o miradouro do céu. Não há mais do que azul. Ninguém viu no mundo uma orgia tal de azul. O azul não está no céu, lá no alto. O azul está nas praças, está nas ruas, ondula nos montes, escorre das árvores, cerca as pessoas. Onde se esteja, há um canto de azul descendo do céu à terra, subindo da terra ao céu. São epigramas de azul nas cimalhas dos prédios, elegias de azul nas ramas das árvores, odes de azul nos parques, epopeia de azul a cada rua que se atravessa. O mais miserável não pode esquivar-se a essa comunicação celeste. No quarto fechado, o azul entra pelas frestas da porta. E, atravessando as avenidas enormes, a cada rua transversal, paramos atônitos. Quer de um lado, quer de outro, essas ruas devem cair no oceano.

— É o oceano! É o mar! Deve ser o mar, como na Costa Azul!

Corremos entre as árvores, subindo o leve ondeamento. Ilusão! É apenas um pedaço de céu espreguiçando num declive. As ruas são pontes ligando o azul. A cidade faz-se miragem. É o sonho aéreo da imensidade azul. E são todos os azuis na morticor infinita que a inteligência extraiu da terra para imitar a fácil e divina beleza do espaço: azuis minerais, azuis vegetais, azuis oleosos; o azul-escuro do cobalto, que recorta as montanhas; o azul de cobre dos montes ricos, o ultramar e o lápis-lazúli acepilhado, que é quase branco e é violeta, e é quase rosa e é verde e parece às vezes de uma doçura morena; é o azul carregado feito de aluminatos, que faz pensar nos esmaltes e recorda os azuis úmidos dos jarrões de Sèvres; é o azul egípcio, feito de malaquita e de azuritas — é o desdobrar de todos os anis, alma de certas plantas, o anil de Menouf e o anil de Guatemala, o anil de Bengala e das costas do Coromandel, o anil de Madras e o índigo da Arábia aromática. Basta! Pisando a terra desejamos a terra. Por todos os lados azul. Por todos os lados céu. Nas inúmeras tentativas para decifrar o Azul, Aristóteles contou 47 céus, Eudóxio 23, Calipo 30, Regiomontano 33, Fracastor 70. E Afonso II, rei de Castela, apontou mais dois céus — o da nutação e o da precessão, além dos sete céus de cristal, além do *primum mobile*, céu inicial, além do empíreo, onde trona Deus. Em Belo Horizonte, a alma repele a ciência e pensa nas camadas de cristal onde corre uma onda azul. Em Belo Horizonte, para não aumentar o número dos céus criado pela fantasia dos sábios antigos, pensasse naquele céu da Índia, o primeiro céu da transmutação, chamando Khatmanton — a região dos desejos.

Porque, na doçura do azul, entre veludos azuis de Veneza e sedas da China, azuis e gazes azuis do Decã, com o olhar no azul e as mãos palpando o impalpável e sereno azul, um imenso desejo de espiritualidade nos embriaga, e nós vamos, tontos, perdidos, vagos doridos, enfim, realizados no aperfeiçoamento clamando:

— Espírito da Natureza, vida das poderosas esferas, cuja marcha atravessa o profundo silêncio do Céu!

Nem os homens que traçaram a cidade e arborizaram como um paraíso, nem os que modestamente nela trabalham pela grandeza da terra de Minas, sentem, decerto, a exaltação dessa beleza empolgante. Eu desejo pensar com frieza. Mas não posso arrancar do cérebro a noção do prodígio, do milagre que fez homens práticos, trabalhadores, deixarem uma capital que era um altar de tradições de raça, pensando realizar uma cidade moderna, e realizar essa cidade de repente e de tal ordem e em tal sítio, que ela se torna e é um *erechtheion* de espiritualidade, a ara da beleza dos horizontes da terra. Eu tenho a certeza de que os passeantes das ruas e mesmo a maioria dos homens vulgares podem sentir essa inundação de azul, pensando em coisas práticas. Nem outra coisa faziam em Atenas os habitantes do Cerâmico. Mas ninguém com alma poderá deixar de sentir o páramo, para além da banalidade, nessa cidade que é como a pantena colossal do firmamento...

A magia, porém, não parou. Uma a uma, as horas graves do dia esvaíram-se. O sol vai deixar Belo Horizonte, com a preguiçosa saudade de tanto azul. A terra recolhe-se estática. Nos montes há suspiros de azul; as árvores, incendidas, despregam das ramarias as túnicas azuis; as casas repousam os seus mantos azuis; as ruas abrem como artéria de azul, exangues. Triste, a última hora azul escurece. E então, sob a cidade e os montes, que de azuis se foram tornando violeta, para ficar em pleno negror, o sol, nababescamente Rei da Luz, Olho de Deus, Glória do mundo, subtrai das entranhas da terra de Minas todos os seus tesouros e realiza no espaço a bacanal das gemas, a menipeia espasmódica das pedrarias: Céu espantoso, manto de rajás, catedral de esplendores! Ora melancólico, com o desejo de diluir-me, de não ser nada; ora correndo como num pesadelo de Golcondas, eu subo às janelas altas e não me contento, eu venho para a rua e não me satisfaço — eu quero subir e librar-me entre o canteiro de violetas, que é a cidade, e a loucura esplendorosa do ocaso, que tomou todo o céu. No fundo da pelúcia azul, as Horas da Tarde jogam pedrarias. São águas-marinhas azuis, brancas, verdes, que se derretem no ar, lique-fazendo a atmosfera, ao hálito de ouro do sol; são cristais inverossímeis, que fazem lembrar fantásticos oceanos hiper-bolizados: são ágatas azuis e verdes, que caem cambiando e ficam nos montes cor de ônix; são os heliotrópios e as avalan-chas de ametistas, em que gritam cibórios de rubis e grandes panos de granadas claras; são os jaspes, as sardônicas, as cora-linas, os esmaltes entre os montões de turquesas. Um momento o ar é cor de topázio, é cor de crisólito e nesse ambiente reful-gem os reflexos verdes, rosas, azuis das turmalinas. Depois o crisólito quebra-se em opalas. O pálio celeste é feito de iri-descentes opalas, guardando no ar o feixe espectral das sete cores no gotejar de safiras do céu. Há opalas brancas, opalas leitosas, opalas amarelas, opalas de fogo, barrando o poente de um incêndio policromo.

Depois, ainda, quando o sol já se foi e a bacanal esmorece, ar, céu, terra formam uma só ametista. E quando, lassos, pen-samos, enfim, repousar, na terra de veludo, no ar de seda, no céu que fica conosco, todas as pedras preciosas, baralhadas pelo sol, reacendem, concretizam-se, fixam-se e, na divina metamor-fose, são turbilhões de diamantes, são palpitações de outros sóis, formam grupos de fogo, jatos de fulgores, estradas de estrelas. Caminha-se seguido de estelários, anda-se como se fosse pelo caminho dos deuses, a imensa galáxia adamantina que divide o céu. Há estrelas que parecem cair, estrelas que andam, estrelas que estão conosco. São estrelas de ouro, são estrelas de esmeraldas, são estrelas azuis. Todas as estrelas do universo estão gotejando luz sobre a cidade. E é tão fino o ar e tão celeste a terra que a treva vive dessa luz, o olhar divisa ao longe montes, árvores, gestos, enquanto o Cruzeiro do Sul, no seu dramático esplendor, é como o selo fulgente da alma da Pátria na incógnita sem-fim do infinito cósmico.

Belo Horizonte, única e talvez derradeira poesia da República, cidade do azul, terra do firmamento, miradouro dos céus, abre-sol védico dos desejos espirituais...

Ontem, eu vinha arrasado de uma bacanal do poente. Era a hora ametista. Não conheço os transeuntes, não reparam em mim no silêncio sonoro das ruas solitárias. De repente vi uma velha, que levava pela mão um anjo de asas azuis. Segui-os. Devia ser o anjo que conduzia a velha. Mais adiante deram numa igreja, com muita gente à porta e uma porção de anjos de asas brancas, de asas rosas, de asas azuis. O povo e os anjos falavam baixo.

— Por que os anjos desceram? — indaguei de um cidadão.

Ele olhou para mim vexado.

— Os anjos são daqui mesmo, vão fazer a procissão.

Voltei a mim da ilusão macia do azul. É tão feita de céu a cidade, que os anjos poderiam caminhar pelas pontes aéreas que são as ruas, como pelo próprio céu. Apenas, na minha exaltação, eu vira o possível do sonho misericordioso. Então vim por entre as árvores, pasmo desse subitâneo delírio que Belo Horizonte me deu, no encontro com a beleza espiritual da terra. O meu ser inferior pedia calma. Os meus lábios repetiam as palavras da *Rainha Mab*.

— Espírito da Natureza! Vida das poderosas esferas, cuja marcha atravessa o profundo silêncio do Céu!

Porque, decerto, não há no mundo cidade em que mais inebriantemente se sinta, livre de raças, livre de ideias de ação, o contato divino e amoroso da beleza desse espírito infinito, que é o gesto azul dos deuses. Porque no coração e no cérebro, Belo Horizonte assim encontrada de repente, Belo Horizonte feita pela inteligência, Belo Horizonte, *urbs* de 18 anos; Belo Horizonte, capital que deve ser da energia calma; Belo Horizonte, miradouro dos céus, safira da terra — é como o lótus azul da Graça...

E eu vou partir, sem ver os homens, sem ser da minha época — alquebrado, perdido, como quem volta do êxtase, tão puro e tão bom, que me parece simples ter nas mãos ainda, e na fronte e na alma, o milagre lustral desse perpétuo dilúvio azul...

Do livro *Crônicas e frases de Godofredo de Alencar.*

APOLOGIA DA DANÇA
(*Fragmento*)

— TALVEZ ESTE homem falador ame por demais a dança! — dirão os que me ouvem. Sim, eu amo a dança, os dançarinos e as dançarinas. Poderia ocultar essa predileção. Mas para quê? Sócrates depois de velho aprendeu a dançar. Não há nada tão sério. Depois o meu amor é quase apenas carinho de inteligência. Tanto assim que eu posso ter inimigos, mas ainda não tive alguém que dance hostil ao meu afeto... Deve ser grande o número de simpatias. Hoje todos dançam. Nos bailes as meninas apostam quem dança mais tempo. Os velhos já verificaram que o ridículo é não dançar. A mocidade compreendeu que a beleza e o amor fazem a dança. E todos correm a ver as bailarinas.

Eu também. Amo as vivas, as que morreram e mesmo talvez as que nunca tenham existido. É certo uma doença o meu amor. De todos os reis da *Bíblia*, só dois ficaram meus amigos: Herodes, porque gostava de ver dançar, e Davi, que dançou diante da arca escandalosamente para a lúgubre gente hebreia. E a minha consideração é grande pela tribo sagrada dos levitas — principalmente porque, com mais méritos e mais talentos, eles inventaram vários instrumentos de corda e sopro e dançavam nos altares de Deus.

Onde o destino me leva eu penso na dança. Já vi danças terríveis nos subsolos de Berlim, já passei noites de África no encanto dolente das bailadeiras, já senti a emoção das czardas e o desvario das valsas sob a neve lunar dos montes de Hungria, já falei como um apaixonado com os bailarinos que a fama enaltece em Paris e em Londres, já andei pelos museus a espiar a aparição de Salomé e colecionei 53 Salomés — porque até em Lisboa ela lá estava, alemã, pintada por Karnac. E foram as bailarinas que me ensinaram a vida, nos três dias de maior sensualidade da minha existência. Sim, porque esses três dias deram-me a compreensão integral da aspiração humana... Eu lhes poderia contar. Há talvez a sensualidade?... Ela é tão profunda e tão leve em mim que não penso sem sentir e não sinto sem pensar. É uma permanente volúpia. Por que não a vou dizer nos três dias maiores? O primeiro em Atenas, no museu, com as bailarinas de Tânagra. O segundo em Pompeia, diante do muro de um velho átrio, com quatro dançadeiras profissionais, o terceiro com as celebradas sete dançarinas de Herculano.

As pequenas tanagrenses, agitando as vestes no passo que voa com o gesto alegre da vida que ri, as pequenas tanagrenses são aquelas centenas e centenas de figurinhas de terracota que os *coroplastras* de perto de Tânagra faziam à pressa porque era moda. Cada uma delas fixa a graça coleóptera do gesto que se faz adejo. Cada uma delas, por detrás dos vidros dos mostruários, desafia o mundo na expressão dançante do rosto álacre. Elas vieram do passado com um bando de asas ágeis. Elas olham-nos com o descaro inocente da alegria. Elas esperam para dar o pulo e correr leve e airosamente, libélulas do sonho, para o futuro, para o além, para a eternidade.

As bailarinas de Tânagra são as pequenas cantáridas do amor e da beleza inebriante. Elas exasperam os desejos...

As quatro dançarinas de Pompeia, pintadas no velho muro de um átrio, quando dançavam em honra de Dionísio, agitaram-me de outro modo.

A primeira mostrava com prazer o panejamento das roupagens e sorria. Como é antigo o sorriso das bailarinas! A segunda, a cabeça deitada para as costas, coroada de hera com os cabelos ao vento, esperava o grito báquico para partir, mênade, esporeada pelo evoé do Deus. A terceira tinha entre as mãos o *acerra*, o cofre dos perfumes, e estava inteiramente envolta em gazes transparentes da cor verde-pálido e, através das gazes, as formas do seu corpo dançavam como na água. A quarta, brandindo um tirso, sustinha na cabeça a corbelha de folhagens, atributos dos deuses nutrizes.

As bailadeiras de Pompeia não me deram apenas o aguilhão do desejo. Mostraram-me que o desejo atrai, o desejo desvaria, o desejo desnuda e acaba no voto ardente das reproduções.

As sete bailarinas de Herculano ficaram como os sete sons da lira de sete cordas da tranquilidade boa, como as sete cores da luz branca da vida. São as primeiras que se despem. Vêm depois Vênus, rainha das Graças, com as Horas de pés macios; marcha em seguida a outra, entre pavões que comem uvas. A quarta, de cabelos esparsos, inicia a alegria que a quinta eleva ao frenesi báquico. A sexta, coroada de espigas, é a fartura. A sétima, de branco, com o cetro de ouro, oferta as granadas misteriosas, símbolo da concórdia. As sete dançarinas de Herculano exprimem num gesto supremo do ideal secreto de todas as aspirações terrenas — a paz no amor e na fartura.

Os meus três dias de maior ensinamento eu os obtive admirando bailarinas — que talvez nunca tivessem existido. Mas a convivência das vivas é ainda bem enorme. Fídias e Praxíteles copiavam no corpo das bailarinas as atitudes harmoniosas e cada um de nós, como Péricles, vê na sua arte — a fugitiva arte infinita do ensinamento da perfeição.

Por isso eu as louvo, louvando o momento que as torna sacerdotisas sagradas. Por isso todos nós as louvamos e queremos. Há nelas alguma coisa do monte das Musas. E talvez quem sabe? o nosso louvor seja apenas a expressão de amor à Deusa — que é o positivo e o inegável amor moderno à Dança.

Do livro *Sésamo*.

O SEGUNDO OLAVO BILAC

(Fragmento)

NUNCA FUI íntimo de Olavo Bilac, apesar de o conhecer desde os mais tenros anos. Nunca fui íntimo por uma questão de respeito. Os grandes artistas, absolutamente excepcionais, sempre, em todas as terras e em todos os tempos, por mais alegres e civilizados, são o eco doloroso das dores e dos esforços da humanidade. Consequentemente pela sua altitude moral, isolados. A amizade é um dos maiores e mais delicados sentimentos. O grande artista pode ter estima por um pobre-diabo, pelo medíocre, pelo homem de talento mesmo. Mas é ele que admite a intimidade da amizade. Solicitá-la com o cortejamento assíduo, a lisonja seguida, a presença contínua pareceu-me sempre uma afronta ao sentimento da intimidade. Quantas pessoas se dizem nossas íntimas amigas por nos falarem a cada instante, sem nunca ter compreendido uma ponta do mistério que somos nós, sem nunca passarem para nós de conhecidos desconhecidos?

Mas eu era menino de primeiras letras e já conhecia Bilac, graças a relações de minha família com casas onde Bilac ia, onde se falava de Bilac. Era no fim da monarquia. O bando literário — aquela fulgurante geração que deu o gênio de Aluísio Azevedo, seu Coelho Neto, d. Júlia Lopes de Almeida, Artur Azevedo, Luís Murat, Guimarães Passos, José do Patrocínio, Ferreira de Araújo, geração que fez a abolição, fez a República e foi a última geração literária do Brasil — dominava a cidade. Havia muitos talentos. Por esses talentos e por todos que liam, Bilac era considerado o Grande, o Incomparável. Alcebíades Poeta! As lendas corriam; as facilidades abrolhavam a seus pés. As suas palavras eram decretos, a sua palestra um fogo central de maravilhas. Há impressões de infância que nos ficam para sempre na memória. Nunca mais esqueci aquele momento em que eu, criança, me batia contra um enorme sorvete de creme na Confeitaria Pascoal, e ouvi a baronesa de Mamanguape dizer:

— Oh! Senhor Olavo Bilac!

Estava diante da linda senhora um jovem radiante, seguro da sua força, que eu não podia dizer se era feio, se era bonito, porque era fascinador, irresistivelmente fascinador. Foi a primeira vez que vi o poeta. Eu desejava ser assim e tinha talvez sete anos. Depois, várias vezes tornei a vê-lo. Mas a admiração pelo prestígio social, pela fascinação de Bilac, eu as senti, já com pretensões a escrever, ainda estudante de preparatórios no Clube dos Repórteres e num sarau literário no Lírico. No Lírico vários homens notáveis haviam falado com a impaciência da plateia, vários poetas aureolados tinham gorgeado rimas, com o sentimento esquisito de que o público esperava o fim. E de repente Bilac avançou. Era o mesmo. Creio que Bilac passou 25 anos sem envelhecer. O teatro inteiro demonstrou a sua satisfação em aplausos:

— Tentação de Xenócrates! — disse o poeta.

Eu admirava a elegância de sua casaca, o seu impecável peitilho reluzente e as suas polainas de seda branca sobre os botins de polimento. Essas polainas desnorteavam-me. Mas Bilac tinha todos os poderes. Em geral os poetas recitam mal, principalmente os próprios versos. Bilac recitava como um grande ator. A sua voz quente era evocadora, o gesto sóbrio como traçava o desenho da tela em que as suas rimas de luz cintilavam cores e ideias e sentimentos. O poema crescia, poema grego cheio de irremediável.

No dia seguinte, no Clube dos Repórteres, fundado pelo repórter Ernesto Sena, havia o jornal falado em que Bilac, príncipe da crônica, fazia a crônica. Eu tinha ido cedo. Vi todos os literatos de fama chegarem, vi os homens de situação na política, na ciência, no mundanismo sem maior atenção de cada um. Mas desde que Bilac assomou à porta, todos se voltaram, todos foram cumprimentá-lo. Procurando estar perto do Poeta, o meu coração de criança batia. E ouvi-o distintamente dar a explicação das suas polainas.

— Pois não falaram das minhas polainas? Esta gente não vai até censurar as minhas polainas durante o dia? Ontem resolvi. Polainas de seda branca, à noite.

Todos riam. Era o triunfador.

Depois, passados anos, ao terminar o meu curso, eu quis também escrever um artigo. Era contra os nefelibatas, rapazes insuportavelmente medíocres que se julgavam gênios. Eu queria a reação da verdade na arte. Fui dizer essas coisas solenes a José do Patrocínio, grande homem, generoso, bom, com a volúpia das virgindades mentais. Patrocínio queria os moços a seu lado, queria estreá-los no seu jornal. Nessa época, a *Cidade do Rio*, jornal boêmio, nadava em dinheiro. Patrocínio dava gargalhadas à minha ingenuidade reacionária.

— Mas o artigo. Fez você o artigo.

Momento decisivo, tremendo, horrível. Entreguei-o trêmulo. Patrocínio chamou o paginador.

— Componha isso. Sai hoje.

À noite eu vi o artigo idiota e cheio de gralhas. Ia pela rua do Ouvidor, quase chorando da minha mediocridade, e de repente parei, aflito, sem poder falar. Patrocínio saía do Pascoal com Olavo Bilac, Guimarães Passos, Emílio de Menezes, outros. Teriam visto o meu artigo? Que haveriam dito a Patrocínio, sempre tanto pela opinião deles?

Mas Patrocínio chamou-me:

— Não pensei que você já fosse assim. Quer então cair nessa tolice de escrever? Pois vá trabalhar no meu jornal. Amanhã, com o número de aniversário, iniciamos a remodelação. Bilac escreve. Vamos para lá agora, adiantar o número.

E logo levando-me para um canto:

— Tome pelo seu artigo...

Era uma soma que em Portugal seria o ordenado de um ministro e no Brasil, mesmo agora, cifra inatingida pelos maiores cronistas. Assim anda o engano tentando os humanos. Com que convicção e com que terror eu subi a *Cidade do Rio*! Como o jornal era da tarde, não havia gás. Os grandes escritores escreviam à luz de velas fincadas em garrafas vazias. Havia também muitas garrafas de cerveja cheias, que no fim podiam servir de castiçais às velas. Os literatos escreviam e conversavam. A crônica que Bilac escreveu nessa noite, o quadro da escravidão, não se perdeu. Está num dos seus livros de crônicas, o último...

Depois, quatro anos depois, na esperança ansiosa e na luta em que tinha de viver, eu conheci de perto o triunfador. Eu escrevia nos jornais em que se lhe rogava a de que escrevesse; pela sua bondade e a de Medeiros e Albuquerque, um dos corações mais dignos que conheço, entrei na série primeira dos luminares que iniciavam as conferências literárias do Instituto, à sua gentileza devo as palavras animadoras de um artigo quando publicara o meu primeiro volume. Em tão largo período de convívio diário, mesmo sem intimidade, podia julgar do homem e do artista.

Devo dizer que analisando o homem de sociedade difícil de se entregar, raramente deixando entrever a sua rara e profunda sensibilidade, e o artista admirável, jamais poderia imaginar que dentro desse Bilac, polido, elegante, de palestra sempre propositadamente alegre e frívola, do homem querido e louvado justamente, a cuja qualquer nova manifestação mental a multidão acorria em apoteose, houvesse o segundo Bilac, grande como Sófocles, animador como Píndaro, triste e imenso como Prometeu.

Homem, Olavo Bilac era, numa cidade de trato desarticulado e sempre excessivo, o *gentleman*. O desejo de o festejar e de o conservar manifestado pela sociedade elegante, vinha justamente disso. Das rodas literárias, ele, afinal, sempre procurou isolar-se, mantendo os velhos amigos de rapaz, dizendo gentilezas raras aos jovens, mas sempre distante. A futilidade álacre de palestras era uma defesa, era o Bilac terra a terra, de quem todos eram forçados a ser amigos, mas que todos respeitavam como o sujeito infinitamente superior desde que a palestra deixasse de ser o brinco organizado pela cintilação prosaica que o Poeta estabelecia.

Para conservar a saúde da alma e do corpo, recorrera ao método. Dormia cedo, trabalhava desde madrugada, corretamente vestido, como se fosse sair, num gabinete limpo e em ordem como qualquer escritório de médico da moda. Os seus estudos de medicina, continuados nessa época fora da escola pelo receio da moléstia, como que lhe pautaram regras de vida mesmo social. Nunca o vi discutir arte, literatura. Raramente dava opinião. Contava anedotas ou fazia pilhérias. Fora-se o tempo em que todas as tardes lia alto o artigo de Patrocínio para a roda do Pascoal e para o próprio Patrocínio que ficava doente quando Bilac não lhe ia dar esse prazer celeste. Mais do que tudo ele guardava a sua sensibilidade extraordinária. Como se temesse o ridículo de ser sensível.

Corretíssimo na sua vida de cidadão, jamais consentiu que lhe anotassem o exemplo dos seus atos. Trabalhando enormemente para vários jornais, foi de que manteve, sem ninguém saber, a agonia de Guimarães Passos até a morte. Nunca vi ninguém pedindo a Bilac. Bilac servia e empregava uma porção de gente. Ao lado da sua elaboração de artista, Bilac tinha vários planos práticos — um dicionário analógico, em que trabalhava todos os dias, uma agência telegráfica nacional que era não só um plano prático mas uma defesa política.

Uma vez fui encontrá-lo no balcão da *Gazeta* vendo um jornal de crianças.

— É de meu sobrinho. Parece que o pequeno tem talento. Para quê?

Havia imensa ternura no seu olhar. Mas foi um instante. Logo indagou do gerente, que chegara:

— Terás obra de oito contos para emprestar a um homem que precisa ir à Europa?

Era uma das suas habituais pilhérias?

Doutra vez, num bonde das Laranjeiras, conversava:

— Bem que desejava partir, repousar. É preciso pôr tanta coisa em ordem, assegurar a mesada de minha mãe... Isto, porém, não interessa a ninguém.

Certa ocasião falávamos do êxito de uma das suas conferências — êxito de concorrência fenomenal.

— Estava com a minha terrível dor de cabeça, esta dor que não me deixa. Um médico, o meu médico foi assistir a ela. Também é o único que lhe avalia o trabalho. "Quantos livros de medicina deves ter lido para dizeres aquilo..."

Sentia-se o pesar, a tristeza, o desencantamento dos artistas, mesmo aclamados, diante do público...

Quando organizava o *Momento literário*, escrevi de memória bocados de palestra do poeta. Mas precisava do seu consentimento para publicar e principalmente do ambiente em que queria localizar a entrevista. Fui a sua casa pela manhã. A entrevista saiu em São Paulo. Eu descrevera uma porção de coisas bonitas, que não existiam na sala de Bilac. Ele encontrou-me, pela primeira e única vez, realmente sensibilizado.

— Você foi inventar todo aquele luxo!

E tal era o seu carinho que lembrei a frase de Ruskin sobre a necessidade do luxo.

Do livro *Ramo de louro*.

A CORRESPONDÊNCIA DE UMA ESTAÇÃO DE CURA

(*Fragmento*)

De Antero Pedreira
à sra. d. Lúcia Goldschmidt de Resende
Petrópolis

MINHA excelente amiga:

Com que então chove em Petrópolis? Petrópolis não muda, tem a coragem das atitudes. Desde que o mundo elegante é mundo elegante, essa cidade da serra mantém a chuva de verão. Antes assim. O desagradável é vir para Poços de Caldas imaginando Saint-Moritz e encontrar um desabalado ar de dilúvio — que inunda a cidade há oito dias e não nos deixa pôr o pé na rua. O fastio, sombra da chuva, estende a sua trama, e os corredores do hotel, de tanta desocupação, parecem bocejar. Vim antes da grande semana para repousar na tranquilidade de um sanatório quase vazio. Encontrei o hotel cheio! E enervo-me por sermos obrigados a olhar a chuva sem poder sair.

Que fazer? Às oito da manhã o criado acorda-me. Tomo um gole de chá, desço ao banho — onde se dá o primeiro encontro da família balneária. Cumprimentos. Espera na galeria envidraçada, em que os vapores sulfúricos realizam o necessário aspecto medicinal. Banho. Há cavalheiros que tomam de 35º para engordar. Outros mergulham em 41º para emagrecer. Não há ninguém doente. As mazelas, os reumatismos, as seborreias — o mobiliário estragado da sociedade fica por aí noutras hospedarias. Estamos num hotel esnobe. Avisos por todos os lados participam aos doentes de verdade que o lugar não os admite. É exclusivamente de cura mundana. Nas horas de banho consegui uma observação que pode ser lei.

— O sono cansa os homens; o sono faz um enorme bem às mulheres.

Todos esses cavalheiros aparecem pálidos, a boca pastosa, os olhos empapuçados. As mulheres em roupão, ao saltar da cama, lembram frutos colhidos da árvore — são de uma frescura matinal. A imagem da aurora erguendo-se da noite é uma realidade. Como são fracos os homens e que tremenda resistência física a das mulheres!

Após o banho, envolvo-me duas horas nos cobertores e desço depois a espairecer. O peristilo do hotel acolhe quase todos os hóspedes. Crianças correm — já reparou, d. Lúcia, como as crianças correm sem motivo? —, gritam, esbordoam-se mesmo nas escadas e nos corredores de cima. No saguão, a conversa arrasta-se. Que hão de dizer? No fundo, estando contrariados com a inação, procuram explicá-la.

— Eu precisava repousar! — diz um que nunca fez outra coisa.

— Eu nem leio! — afirma outro, firme nesse princípio desde que nasceu.

— De quantos graus toma o banho?

E como o cérebro de cada um está preso ao Rio e a São Paulo, a conversa só cresce de animação quando se fala de gente do Rio ou de São Paulo. Fala-se em geral muito mal dos ausentes.

Chegado o momento do almoço, apesar de não haver o que fazer, almoçam todos a correr. Note, d. Lúcia, razoável a alimentação, os criados de primeira ordem, o comedouro menos desinteressante. Apesar disso não há almoço que dure mais de 20 minutos. A uma hora da tarde na casa de jantar estão apenas os garçons — quase todos rapazes do Rio e de São Paulo — que também veraneiam e fazem a "grande semana".

Acabado o jantar — outra vez saguão. Olha-se a chuva. As crianças continuam a fazer barulho. O parlatório é vão. Em cima, a orquestra toca os mesmos tangos e maxixes que temos a angústia de ouvir, há pelo menos cinco anos, em Paris, em Londres, em Odessa, no Rio, em Buenos Aires, em toda parte onde se tem a ideia da civilização. A iconografia da civilização, antes da guerra, deixara de ser a figura de uma dama vestida à romana com os atributos do progresso. A iconografia da civilização era um sujeito de cabeleira, arranhando tangos ao violino. Na América, a figura ainda continua, após a guerra. De modo que não há cidadinha com dúvidas sobre a sua civilização desde que possua quatro violinistas a tocar num chá a *Paraguayta* ou *El Negrito*.

Atraídos pela civilização, os hóspedes sobem ao salão, imenso. Fica ao fundo uma roleta, que parece complemento e é a oração principal. Tudo aí não se paga — os licores, o café, os charutos, as águas. É preciso ser muito neurastênico para ter má vontade. As senhoras jogam. Os homens jogam. Acabada a civilização, isto é, o tango que se transfere para o clube, a roleta corre atrás da música e os hóspedes descem ao saguão à espera dos jornais do Rio, de São Paulo, da sua vida...

— Que calma!

— Que delícia.

— Eu viveria assim a vida inteira. Quando parte?

Consulta de relógio. Afinal, vai acabar o dia. Duas horas para ler a correspondência e mudar de fato. Jantar. Não há quem ultrapasse o quarto de hora. Os garçons voam. A precipitação é tal que, mesmo não comendo, não é possível escapar à afrontação. Há um motivo: querem todos ir ao Politeama, que começa às 7h30; consta de cinema e de cançonetas e termina antes das 10h, com a mesma orquestra, que, tendo começado no salão, vai voltar ao salão até 11h30, para terminar no clube pela madrugada. Os banhistas voltam ainda à roleta. Mas às 11 horas começam a dispensar. E pouco depois há no casarão o silêncio, aquilo que um ingênuo poeta chamava "o augusto silêncio".

Eis, minha amiga, a vida deste hotel e a minha vida há oito dias.

Vejo-a sorrir com malícia. Não foi a descrição impessoal de um dia ou de uma semana que me ordenou. Foi a impressão dos companheiros, alguns nossos conhecidos; foi a intriguinha, a má língua, a indiscrição, personagem tão agradável aos contemporâneos e tão amiga da História.

Infelizmente, por enquanto, não há nada. Vão chegando apenas os artistas para a comédia brilhante.

Há políticos, fazendeiros, comerciantes, principalmente negociantes portugueses. Um deles veio com a família inteira, trouxe 18 pessoas. Muito digno de consideração, não só pela fábrica de papéis pintados de que é proprietário, como pela abundância da prole. Chama-se Araújo Silva. Insensivelmente ao dizer-lhe o nome tem-se vontade de acrescentar: e Companhia. Há nomes que nasceram para firmas. Filhas, sobrinhas e filhos de Araújo Silva são perfeitamente sem significação. Não há rapazes. O namoro, coisa que elas talvez façam menos mal — as mulheres adivinham! —, o namoro não existe por falta de contendores. Há uma outra família — marido, mulher e filho. Amam-se e andam sempre juntos os três. Só entre gente simples ainda encontramos desses fenômenos. Acrescente os dois comerciantes — outros casais cujos chefes são sólidos, tomam sempre ovos quentes ao almoço, jogam bilhar, dão gargalhadas —, enfim, negociantes em via de se tornarem da alta roda.

Na sociedade nossa, só o negociante português constitui bem-definida a burguesia, exigindo respeito. Quando o negociante enriquece, as filhas precipitam-se em casamentos, que as colocam entre os "encantadores". Como presto atenção aos casais, peço permissão para acrescentar que as raparigas brasileiras, esposas desses latagões, não têm o aspecto da desilusão. As gerações devem ser abundantes e decididas.

Tem a d. Lúcia o pano do fundo da peça, o povo, povo destinado a agir muito menos que nas tragédias de Shakespeare, gênio capaz de rotular a sensibilidade hipócrita da rainha Elizabeth de — vestal do Ocidente...

Artistas: os principais ainda não chegaram. Estão já, porém, o casal Serpa Lessa, d. Maria de Albuquerque, a insuportável d. Eufrosina Machado, cada vez mais gorda e mais roleteira; o jovial Nogueira, *miss* Wright, a filha do banqueiro, que veio apenas acompanhada dos seus 18 anos e de uma criada surda; o ex-ministro Velasco Altamira e Sanches Peres com a senhora.

O casal Serpa Lessa chegou aflito. A Íris Serpa Lessa rompera o casamento. Creio que o terceiro. A d. Guiomar disse-me em segredo que a filha estava inconsolável.

— Viemos a Caldas para distraí-la.

Íris ri tanto que devemos considerá-la curada. Fez uma liga com a Gladys Wright, cujas ancas arredondam à proporção que o seu perfil de *Proserpina* do Rossetti toma um brilho de gula quase escandaloso. Gladys Wright vai ao banho pela manhã e à tarde, joga pingue-pongue, bilhar, roleta.

D. Maria de Albuquerque é a nossa querida d. Maria de sempre. Alta, macia, os cabelos de neve a aureolar-lhe a face moça — aquele ar imponente e suave de *pairess* que amasse as intrigas de Versalhes e trouxesse para a selvageria americana tudo isso e mais alguma coisa. Inteligentíssima, complacente para faltas alheias, conhecendo a sociedade desde 1870, dona de um nome ilustre. .

Não acredite que eu esteja *emballé*, tem acontecido a tanta gente boa! Amo, porém, d. Maria, como quem admira o manto do imperador, os coches do paço. Ela diz coisas e ajuda o amor...

— Nada mais sério do que o amor! Se a juventude soubesse...

De resto, creio que o amor minguou assaz a renda de d. Maria. Esse exílio do Rio e de Petrópolis, a vida quase contínua de cidades d'água, de Poços para Caxambu, de Caxambu para Guarujá...

O curioso é como a enerva o jovial Nogueira. Quando o jovial Nogueira aparece com aquela cara patibular, em que o sorriso parece uma careta, e põe-se a ser "o centro das atenções", d. Maria ergue-se.

— *Je ne peut pas le souffrir!*

Quanto ao Velasco e aos Sanches — tal qual. Os Sanches são os escravos da moda. Absolutamente figurinos, gravuras da *Vie Heureuse*. Dá vontade de apalpá-los a ver se são mesmo de carne e osso. O Sanches faz, entretanto, um esforço: está lendo (ricamente encadernado) o quinto volume dos *Miseráveis*, de Victor Hugo.

Ia fechar esta carta tão longa e tão novidadeira já. Mas, tendo descido à espera dos jornais, vejo a chegada dos nossos hóspedes: um sujeito magro elegantíssimo e desconhecido, um pobre homem gordo e no mesmo carro do homem gordo Teodomiro Pacheco, o parisiense Teodomiro — absolutamente neurastênico.

Teodomiro saltou da tipoia em movimento, estendeu-me a ponta dos dedos.

— Tu, na selva?

O saguão inteiro olhava-o.

— E tu?

— Venho conter-me. Haverá neste albergue travesseiros?

E subiu sem esperar resposta, seguido dos criados, das malas e do nosso espanto. Não sei se conhece Teodomiro. Em Caldas, se deve ser interessante.

Mande-me notícias suas. Eu continuarei a cumprir a promessa. Beijo-lhe as mãos com amizade e respeito — *Antero.*

Do livro *A correspondência de uma estação de cura.*

O BARRACÃO DAS RINHAS
(Fragmento)

OS DOIS últimos combates realizavam-se nos circos número dois e número três. No três deviam soltar *Frei Satanás* contra *Nilo* e no dois, *Vitória* contra *Rio Nu*. Furamos a custo a massa dos apostadores, para chegar à mesa do juiz, que me deitou um olhar de Teutatês, severo e avaliador. E no meio de um alarido atroz, diante da política, das letras, do proletariado, da charutaria, e de representantes de outras classes sociais, não menos importantes, começou o combate do circo dois.

Oh! Esse combate! Os dois galos tinham vindo ao colo dos proprietários, com os pescoços compridos, as pernas compridas, o olhar em chama.

Tinham-nos soltado ao mesmo tempo. A princípio os dois bichos eriçaram as raras penas, ergueram levemente as asas, como certos mocinhos erguem os braços musculosos, esticaram os pescoços. Um em frente do outro, esses pescoços vibraram como dois estranhos floretes conscientes. Depois um aproximou-se, o outro deu um pulo à frente soltando uns sons roucos e pegaram-se num choque brusco, às bicadas, peito contra peito, numa desabrida fúria impossível de ser contida.

Não evitavam os golpes, antes os recebiam como um incentivo de furor; e era dilacerante ver aqueles dois bichos com os pescoços depenados, pulando, bicando, saltando, esporeando, numa ânsia mútua de destruição. Os apostadores que seguiam o combate estavam transmudados. Havia faces violáceas, congestas, havia faces lívidas, de uma lividez de cera velha. Uns torciam o bigode, outros estavam imóveis, outros gritavam dando pinchos como os galos, *torcendo* para o seu galo, acotovelando os demais. Uma vibração de cóleras contidas polarizava todos os nervos, anunciava a borrasca do conflito.

E os bichos, filhos de brigadores, nascidos para brigar, luxo bárbaro com o único instinto de destruição cultivado, esperneavam agarrados à crista um do outro, num desespero superagudo de acabar, de esgotar, de sangrar, de matar. No inchaço purpúreo dos dois pescoços e das duas cristas, as contas amarelas dos olhos de um, as contas sanguinolentas dos olhos de outros tinham chispas de incêndio, e os bicos duros, agudos, perfurantes, lembravam um terceiro esporão, o esporão da destruição.

De repente, porém, os dois bichos separaram-se, recuaram. Houve o hiato de um segundo. Logo após, sacudiram os pescoços e, fingindo mariscar, foram-se aproximando devagar. Depois o da esquerda saltou com os esporões para a frente. O outro parecia esperar a agressão.

Saltou também de lado, simplesmente, na mesma altura do outro, e quando o outro descia, formou de súbito pulo idêntico ao do primeiro com os esporões em ponta. Foram assim,

nessa exasperante capoeiragem até o canto do circo. Era a ca-
çada trágica dos olhos, o golpe da cegueira. Os dois bichos
atiravam-se aos olhos um do outro como supremo recurso da
vitória. E a turba expectante vendo que um deles, quase
encostado ao circo, tolhido nos pulos, só tinha desvantagem,
cindiu-se em dois grupos rancorosos.

— Não pode! Não pode! Isto assim não vai. Estai a ver
que perdes!

— Ora vá dormir!

— Segura *Frei*! Segura *Nilo*!

— Bravos! Estúpidos! É ele!

— Ora vá dormir

— Espera um pouco! E no rumor de ressaca colérica, a
voz do Rosa Gritador tomava proporções de fanfarra, a ber-
rar: Ora vá dormir!

— Ora vá dormir!

Do livro *Cinematógrafo*.

A DECADÊNCIA DOS CHOPES

OUTRO DIA, ao passar pela rua do Lavradio, observei com pesar que em toda a sua extensão havia apenas três casas de chope. A observação fez-me lembrar a rancorosa antipatia do malogrado Artur Azevedo pelo chope, agente destruidor do teatro, e dessa lembrança, que evocava tempos passados, resultou a certeza profunda da decadência do chope.

Os chopes morrem. É comovedor para quantos recordam a breve refulgência desses estabelecimentos. Há uns sete anos, a invenção partira da rua da Assembleia. Alguns estetas, imitando Montmartre, tinham inaugurado o prazer de discutir literatura e falar mal do próximo nas mesas de mármore do Jacó. Chegavam, trocavam frases de profunda estima com os caixeiros, faziam enigmas com fósforos, enchiam o ventre de cerveja e estavam suficientemente originais. Depois apareceram os amigos dos estetas, que em geral desconhecem a estética mas são bons rapazes. Por esse tempo a Ivone, mulher barítono, montou o seu cabaré satânico na rua do Lavradio, um cabaré com todo o sabor do vício parisiense, tudo quanto há de mais *rive-gauche*, mais *butte-sacrée*. Ia-se à Ivone como a um supremo prazer de arte, e a voz da pítia daquela Delfos do gozo extravagante recitava sonoramente as *Nevroses* de Rollinat e os trechos mais profundos de Baudelaire e de Bruant.

O Chat-Noir morreu por falta de dinheiro, mas a tradição ficou. Ivone e Jacó foram as duas correntes criadoras do chope nacional. As primeiras casas apareceram na rua da Assembleia e na rua da Carioca. Na primeira, sempre extremamente concorrida, predominava a nota popular e pândega. Houve logo a rivalidade entre os proprietários. No desespero da concorrência os estabelecimentos inventaram chamarizes inéditos. A princípio, apareceram num pequeno estrado ao fundo, acompanhados ao piano, os imitadores da Pepa cantando em falsete a *estação das flores* e alguns tenores gringos, de colarinho sujo e luva na mão. Depois surgiu o chope enorme, em forma de *hall* com grande orquestra, tocando trechos de óperas e valsas perturbadoras, depois o chope sugestivo, com sanduíches de caviar, acompanhados de árias italianas. Certa vez uma das casas apresentou uma harpista capenga mas formosa como as fidalgas florentinas das oleografias. No dia seguinte um empresário genial fez estrear um cantador de modinhas. Foi uma coisa louca. A modinha absorveu o público. Antes para ouvir uma modinha tinha a gente de arriscar a pele em baiucas equívocas e acompanhar serestas ainda mais equívocas. No chope tomava logo um fartão sem se comprometer. E era de ver os mulatos de beiço grosso, berrando tristemente:

Eu canto em minha viola
Ternuras de amor,
Mas de muito amor...

e os pretos barítonos, os Bruants de nankin, maxixando cateretês apopléticos.

O chope tornou-se um concurso permanente. Os modinheiros célebres iam ouvir os outros contratados, e nas velhas casas da rua da Assembleia, à hora da meia-noite, muita vez o príncipe da nênia chorosa, o Catulo da Paixão Cearense, erguendo um triste copo de cerveja, soluçava o

Dorme que eu velo, sedutora imagem...

com umas largas atitudes de Manfredo fatal.

E enquanto o burguês engolia o prazer popular que lhe falava à alma, na rua da Carioca vicejavam as pocilgas literárias, com uma porção de cidadãos, de grande cabeleira e fato no fio, que iam ouvir as musas decadentes, pequenas morfinômanas a recitar a infalível *Charogne*, de Baudelaire, de olhos extáticos e queixos a bater de frio...

Depois os dois regatos se fundiram num rio caudaloso. A força assimiladora da raça transformou a importação francesa numa coisa sua, especial, única: no chope. Desapareceram as cançonetas de Paris e triunfaram os nossos prazeres.

Onde não havia um chope? Na rua da Carioca contei uma vez dez. Na rua do Lavradio era de um lado e do outro, às vezes a seguir um estabelecimento atrás do outro, e a praga invadira pela rua do Riachuelo, a Cidade Nova, o Catumbi, o Estácio, a praça Onze de Julho... Os empresários mais ricos fundavam casas com ideias de cassinos, como a Maison Moderne, o High-Life, o Colyseu-Boliche mas os outros, os pequenos, viviam perfeitamente.

Não havia malandro desempregado. Durante o dia, em grandes pedras negras, os transeuntes liam às portas dos botequins uma lista de estrelas maior que a conhecia no Observatório, e era raro que uma dessas raparigas, cuja fatalidade é ser alegre toda a vida, não perguntasse aos cavalheiros:

— Não me conhece, não? Eu sou do chope do 37.

Oh! O chope! Quanta observação da alma sempre cambiante desta estranha cidade! Eram espanholas arrepanhando os farrapos de beleza em olés roufenhos, eram cantores em decadência, agarrados ao velho repertório, ganindo *Aída*, e principalmente os modinheiros nacionais, cantando maxixes e a poesia dos trovadores cariocas — essa poesia feita de rebolados excitantes e de imensas tristezas, enquanto nas plateias aplaudiam rufiões valentes, biraias medrosas de pancada, trabalhadores maravilhosos, e soldados, marinheiros a gastar em bebidas todo o cobre, fascinados por esse vestígio de bambolina grátis.

Tudo isso acabara. O High-Life ardeu, a Maison Moderne cresceu de pretensão, criando uma espécie de cassino popular com aspectos de feira, os outros desapareciam, e eu estava exatamente na rua onde mais impetuosamente vivera o chope...

Entrei no que me ficava mais próximo, defronte do Apolo. À porta, uma das *chanteuses*, embrulhada num velho fichu, conversava com um cidadão de calças abombachadas. A conversa devia ser triste. Mergulhei na sala lúgubre, onde o gás arfava numa ânsia, preso às túnicas Auer já estragadas. Algumas meninas com o ar murcho fariscavam de mesa em mesa consumações. Uma delas dizia sempre:

— Posso tomar groselha?

E corria a buscar um copo grosso com água envermelhecida, sentava-se ao lado dos fregueses, sem graça, sem atenção. Do teto desse espaço de prazer pendiam umas bandeirolas sujas, em torno das mesas havia muitos claros. Só perto do tablado, chamava a atenção um grupo de sujeitos que, mal acabava de cantar uma senhora magra, rebentavam em aplausos dilacerantes. A senhora voltava nesse momento. Trazia um resto de vestido de cançonetista com algumas lantejoulas, as meias grossas, os sapatos cambados. Como se não visse os marmanjos do aplauso, estendia para a sala as duas mãos cheias de beijos gratos. E, de repente, pôs-se a cantar. Era horrível. Cada vez que, esticando as goelas, a pobre soltava um *mai piu!* da sua desesperada *romanza*, esse *mai piu!* parecia um silvo de lancha, à noite, pedindo socorro.

A menina desenxabida já trouxera para a minha mesa um copo de groselha acompanhado de um canudinho, e aí estava quieta, muito direita, olhando a porta a ver se entrava outra vítima.

— Então esta cantora agrada muito? — perguntei-lhe.

— Qual o quê! Até queremos ver se vai embora. O diabo é que tem três filhos.

— Ah! Muito bem. Mas os aplausos?

— O senhor não repare. Aquilo é a *claque*, sim senhor. Ela paga as bebidas.

— E quanto ganha a cantora?

— Dez mil-réis.

Saí convencido de que assistira a um drama muito mais cruel que o *Mestre de Forjas*, mas já agora era preciso ver o fim e como me tinham denunciado uma roleta da rua de Santanna, onde vegeta o último vestígio de chope, fui até lá.

Chama-se o antro Colyseu-Boliche. A impressão de sordidez é inacreditável. De velho, de sujo tudo aquilo parece rebentar, sob a luz pálida de algumas lâmpadas de acetileno. A cada passo encontra-se um brinquedo de apanhar dinheiro ao próximo e sentem-se em lugares ocultos as rodas dos jaburus explorando a humanidade. No teatrinho, separado do resto da feira por um simples corrimão, havia no máximo umas 20 pessoas. Eram 11 horas da noite e um vento frio de temporal soprava. Junto ao estrado, um pianista deu o sinal e um mocinho lesto, de sapatos brancos, calça preta e dólmã alvinitente, trepou os três degraus da escada, fez três ou quatro rapapés como se adejasse, e começou com caretas e piruetas a dizer uma cançoneta aérea:

Sabes que dos dois balões
O do Costa é maior
A minha afeição está posta
Cada um come do que gosta!

Deus do céu! Era nevralgicamente estúpido, mas a vozinha metálica do macaco cantador fazia rir dois ou três portugueses cavouqueiros com tal ruído que o pianista sacudia as mãos como renascendo de alegria.

Foi aí, vendo o último vestígio do passado esplendor dos chopes, que eu pensei no fim de todos os números sensacionais dos defuntos cabarés. Onde se perde a esta hora o turbilhão das cançonetistas e dos modinheiros?

Quanta vaidade delirante, quanta miséria acrescida! Decerto, a cidade, a mais infiel das amantes, já nem se recorda desses pobres tipos que já gozaram um dia o seu sucesso e tiveram por instantes o pábulo do aplauso, e, decerto, os antigos triunfadores ficaram para sempre perdidos na ilusão do triunfo que, sempre breve, é para toda a vida a inutilizadora das existências humildes...

Do livro *Cinematógrafo*.

GNATO

CHOVIA MUITO à tarde de ontem. No largo da Lapa, os grossos cordões d'água batendo no asfalto davam à praça uma expressão de oceano agitado e os carros que passavam, os automóveis em disparada, as tipoias e os tílburis mal abrigando os passageiros faziam uma perpétua e contínua debandada. Exatamente àquela hora, com o guarda-chuva vítima das cóleras do vento, eu corria à estação de tílburis, quando senti que alguém ao meu encalço se precipitava:

— Excelentíssimo! Excelentíssimo!

Parei, voltei-me e deparei com o sorriso nos lábios e todo alagado, aquele celebrado personagem da comédia grega que dá pelo nome de Gnato. Gnato era, como toda a gente sabe, o parasita das comédias de Menandro, encarregado de viver de lisonjas baixas aos generais fanfarrões. Como esses personagens são imortais, o amável Gnato passou a Roma com as mesmas funções e tomou tal incremento que de simples tipo de comédia de Terêncio acaba entre nós influência política e homem de conceito.

Apenas, tendo casado e sendo a família maior que a do dr. Accioly, Gnato muda de nome às vezes e quando assina, acrescenta ao seu nome, que vale por um programa, esta modesta conclusão: "da Conceição". Eu estava pois, naquela tarde de chuva, em presença do pai da formidável árvore do engrossamento, Gnato da Conceição.

Estendi-lhe a mão:

— Amado homem!

— Caríssimo doutor, vi-o passar e senti um tal desejo de ouvir-lhe a voz que não resisti, e, atirando-me à chuva, corri ao seu encalço. Bem disposto, sempre? A família toda boa? E a senhora? Ah! Desculpe, V. Exa. não é casado. Está dando o seu passeiozinho?

No tempo do general Trasão, eu daria algumas dracmas a Gnato ou convidá-lo-ia a jantar, sentindo sob a sua lisonja muita fome. No tempo do general Pinheiro Machado, Gnato é muito mais, é o ambicioso político, é o que aspira a tudo, é o que consegue remir a nomeação para o povoamento e a simpatia do chefe do resistente bloco e ter, através das opiniões divergentes e dos tempos desiguais, uma única opinião definitiva: a de servir bem à sua pessoa.

Percebi, sem dificuldade, que o admirável Gnato da Conceição queria apenas orientar essa opinião, e, generosamente, interroguei:

— Então as coisas não vão bem?

Gnato sorriu:

— O excelentíssimo é arguto. Devo dizer, entretanto, que para mim em toda a parte do mundo as coisas vão sempre bem. Eu sou imortal porque sou a lisonja. A lisonja é tudo, é a ambrosia enganadora servida aos humanos. Viver é sempre possível quando se dispõe de engenho para uma polianteia e para se mostrar a outro homem esta coisa teatral que se chama admiração. Estou, com efeito, um tanto desequilibrado.

— Ah!

— Mas um desequilíbrio momentâneo, e isto sabe por quê? Por causa da política, meu ilustre amigo, por causa da lealdade política. Nunca se meta em política. É um inferno!

A chuva continuava a cair. Os carros, com os cocheiros ávidos por freguesia, faziam em torno de nós círculos perigosíssimos. Quis partir, deixar o doce Gnato atribulado. Mas não sei por que, vinha-me um desejo imenso de interrogá-lo. Então, tomei o carro, fi-lo subir também.

— Gnato, vou para a Tijuca.

— Acompanho-o, excelentíssimo.

— Se quiseres, deixo-te à porta do general Pinheiro.

Gnato esticou-se no carro.

— Não, não precisa. Eu não sei mesmo se tenho relações com esse general. Depende, depende muito. Não ria. Eu explico. Esse general é antes de tudo um produto meu. Pode-se dizer que eu lancei o blefe do bloco. Diga-me o excelentíssimo que seria o general Pinheiro Machado sem presentes de galos, mandados por uma porção de pessoas, aliás fiadas umas nas outras, desde o filósofo mais elegante ao poeta mais ardente? O general Pinheiro seria exatamente o general Pinheiro sem presentes de galos? Diga!

— Com franqueza, os presentes de galos eram realmente...

— Ora bem. Quem mandava os presentes? A lisonja virilizada neste país com o nome de engrossamento, eu, afinal, eu,

Gnato da Conceição, para o servir! Há mais, porém. Que seria o general Pinheiro sem manifestações, bandas de música e discurseira e landau e préstito e iluminação a *giorno* sempre que voltava, mesmo que fosse de Niterói? O excelentíssimo deve ter a mesma opinião. O general assim era um pinheiro sem ramos, um pinheiro hibernal.

— Devo dizer-te, caro Gnato, que começas a ser má língua.

— O engrossador vinga-se sempre, excelentíssimo.

— Com cinismo.

— É uma qualidade, quando aproveitado. Mas, há mais.

— Ainda?

— Ainda. Que seria o general Pinheiro sem os telegramas passados por mim, sem as fantasias idealizadas por mim, sem as cartas escritas por mim? Os deuses e as majestades são feitos pelo pavor. No meu tempo de Lácio, um poeta escreveu:

Primus in orbis, Deus fecit timor.

Com a maioria desse pessoal que nós engrossamos, o engrossamento é que os fez. Eu criei o "eminente", o "ilibado", eu trombetei a sua enorme força quando estava longe dele para aproximar-me, quando estava perto da roda, do círculo da intimidade, para que invejassem a minha importância. Só os patetas não reparam em tais coisas. E o próprio Terêncio faz-me dizer numa das suas comédias: "Que distância entre os homens de espírito e os idiotas!" Este ofício agora é dos mais lucrativos!

— Gnato, você está danado.

— Não é para menos. Sabe um dos últimos telegramas que eu passei para um dos Estados? Este apenas: "de volta da amistosa conferência que se dignou ter com o sr. Afonso Pena, o eminente senador Pinheiro Machado teve à sua disposição um vagão especial cedido pela Leopoldina. S. Exa. convidou o ministério a descer em sua companhia." Está admirado? Eu escrevi isso e isso devia ter sido publicado. Pois bem. É neste momento em que me comprometia afinal com o digno moço, dr. Carlos Peixoto (uma joia, um brilhante sem jaça a quem pessoalmente só devo gentilezas), que o general despe o poncho e recolhe.

— Mas Gnato, quanto ganhaste tu em fazer com os galos, os ponchos, as manifestações, as discurseiras, a lenda de Faraó brasílico ao eminente prócere do bloco?

— Nada, meu amigo, nada. Esse guerreiro era engrossado sem interesse. Eu engrosso sem interesse. É instintivo, é o meu natural. Aos meus filhos e afilhados, está claro que o general deu muitas cadeiras de deputado. Houve tempo mesmo que eu temi a concorrência às marcenarias nacionais, fora os empreguinhos. Mas a mim, nada. Juro.

O carro rodava. Gnato espiou um pouco a rua.

— Lá vai o senador Vasconcelos mudo e só.

— Salta a conversar.

— Eu só converso com gente que tem roda. Mas, excelentíssimo, a minha ideia, o que eu ia dizer-lhe...

— É verdade.

— Nós precisamos explicar as coisas. Para que brigas? Para que tantas complicações? Não há dúvida de que o nosso caríssimo amigo Carlos Peixoto...

— Você já é amigo?

— Ainda não, mas serei... O nosso eminentíssimo Carlos murchou a crista do velho.

— Que expressões, Gnato!

— Aprendi-as com o Pinheiro, excelentíssimo. Para que insistir, porém? O Pinheiro ainda serve. Que belos jantares! Que discursos sobre os destinos da pátria! Que fumo goiano! O general tem de todas as cores, um arco-íris de tabaco. Ora, podíamos entrar numa combinação, e os partidos não balançariam a estabilidade da nação com oposições nefastas. O general recuou, por isso. Eu não vou lá com medo. Não há mais ninguém. Queria então definir a minha posição.

— Que desejas tu, Gnato?

— O Pinheiro, coitado! É um bom velho. Mas precisamos ter o coração desanuviado.

— Desanuvia-o!

— O excelentíssimo era capaz de fazer o que eu peço?

— Fala sempre.

Gnato curvou-se para mim cheio de ternura:

— O excelentíssimo é uma flor! então mande voltar o carro. Mande voltar o carro, e veja se o dr. Carlos Peixoto pode receber o seu mais humilde admirador...

E nós voltamos, à toda, para a Lapa, onde, à porta do hotel, Gnato saltou a apertar a mão de um batalhão de dedicados íntimos do general Pinheiro — há dois meses...

Do livro *Cinematógrafo*.

O CHARUTO DAS FILIPINAS

HÁ NAS Filipinas um costume muito original. Esse costume assim original intitula-se o costume do charuto familiar.

Como acontece para todos os costumes, mesmo os mais rebarbativos, houve um observador capaz de se interessar pelo charuto familiar a ponto de descrevê-lo ao pasmo ouvido da civilização. O charuto é um móvel importantíssimo nas regiões em que o ministro da Guerra dos Estados Unidos foi há pouco afundar a ilusão de predomínio. É também o maior charuto do mundo — o maior e o mais grosso. Mede pé e meio de comprimento e tem uma polegada de grossura.

Um charuto com tais proporções não se fuma assim de uma vez, e quando não o fumam, o charuto familiar repousa num buraco propositalmente preparado nas colunas de bambu dos cantos da casa e feito em altura que qualquer criança o pode agarrar. Porque nas Filipinas todo o mundo fuma: o velho patriarca, o moço patriarca, o filho do patriarca e mesmo os netos. Um filipino de três anos não deixa de puxar a sua fumaça no charutão desconforme. As crianças de mama variam a chupação entre a mamadeira e o charuto. Quando aparece um hóspede, não se pergunta como entre nós nos tempos remotos em que não havia *five-o-clocks* e esnobismo:

— É servido de café?

Não! Agarra-se o formidável charuto, puxa-se um trago e oferece-se logo ao visitante:

— Queira servir-se! Tem três meses!

Ora, outro dia, passeando pela avenida, à hora em que acendem as iluminações cegadoras dos cinematógrafos e do céu foge a luz do dia, encontrei um camarada de jornal, fino, discreto e elegante. Naturalmente falamos mal da vida alheia e estávamos a desancar uma pessoa qualquer, quando o jovem saudou um cidadão que passava.

— Quem é?

— Jornalista.

— Não conheço.

— Ah! Parece que começou agora. É repórter e estudante.

A ideia de um repórter também estudante pareceu-me esquisita. Mas não tive tempo de comentários. Passava um homem grosso, um desses homens que cheiram a *bookmaker*, e à viagem de ida e volta a Manaus. O jovem camarada tornou a saudar.

— E esse?

— Diretor do jornal X que vai sair.

— Santo Deus!

— E está vendo aquele sujeito grave? Também nosso colega. É o diretor de outro jornal que já levou a breca.

Pus as mãos na cabeça! A avenida estava coalhada de jornalistas que eu não conhecia.

O meu camarada ria. Resolvi rir também. Estávamos ambos indiferentes ao fenômeno, posto que ele nos trouxesse prejuízos morais e materiais. E o fenômeno, apesar da nossa indiferença, era alarmante. Para ser jornalista, em qualquer parte do mundo civilizado, é preciso ter vocação e prática. Já se dispensa o bom-senso, como se dispensa o estilo e a impertinente gramática. Aqui não há estilo, não há gramática, não há prática, não há bom-senso, não há vocação. Um pequeno estudante, naturalmente poeta, tem uma crise monetária. A revisão incomoda-o. É difícil emendar o que os outros escrevem, quando não se tem absoluta certeza. O povoamento do solo já não tem empregos, nem para os mineiros. Que fazer? O pequeno estudante arranja um empenho político e amanhece repórter, redator, jornalista. Um cidadão qualquer fracassou em todas as profissões, quebrou, foi posto fora de um clube de jogo. Que faz? É jornalista. Aquele moço bonito, cuja bolsa parca só se compara à opulência de vontade de frequentar as rodas chiques, vê-se à beira do abismo? Não há hesitações. Faz-se jornalista. O idiota que quer gastar dinheiro, o industrial esperto, o político com apetites de chefe, estão em crise? Surge imediatamente o jornal para lançá-los, lançado por eles.

O público, o público que não lê os jornais feitos, vê atônito essa floração de folhas impressas e de novos jornalistas; todas as classes sociais, dos barbeiros aos *gentlemen* do Clube dos Diários, estão na perpétua expectativa, quando falam com um desconhecido, que esse desconhecido seja jornalista.

Os jornais aparecem. Quem é o secretário? Um cidadão que nunca na sua vida escreveu três linhas. Quais são os redatores? Um moço que é advogado, um almirante, um engenheiro, um ocioso. Jornalistas é que não há. Esses distintos cavalheiros aparecem, fazem um jornal idiota, o jornal rebenta e com ele desaparece a vocação dos redatores. A um destes que rebentara em certo jornal da tarde, eu indaguei dois meses depois:

— Que se faz agora?

— Voltei à cavação antiga: sou bicheiro.

E por que essa lamentável situação? Pela indiferença, pelo ceticismo dos jornalistas profissionais, pelo *laissez-aller* com que deixam de defender e até encorajam todas as manifestações jornalísticas do país. Os engenheiros defendem-se do prático; os médicos fazem uma guerra de morte ao curandeiro; os dentistas com diploma desenvolvem uma campanha tão feroz contra os sem diploma que todos os anos vemos na instrução pública homens de 40 anos aflitivamente desejosos de passar em francês, para poder colocar a sua placa à porta; os atores esmagam os amadores. Não há profissional que não se defenda. É humano, é animal e é também altamente moral.

O jornalista carioca é o único que não se defende. Quando é um deles a fundar um novo diário, os pedidos de quanta influência política são logo atendidos, preterindo nomes honestos de profissionais. Quando é um cidadão qualquer, deputado ou bolsista, que funda o jornal sem saber o seu valor, então é uma lástima: a lista do pessoal é do começo ao fim de estreantes transitórios.

Isso desmoraliza. Apesar da evolução dos nossos costumes, evolução vertiginosa que foi logo das sobrecasacas conselheiras ao *smartismo* mais sandeu, ninguém se atreverá a dizer numa roda conservadora:

— Eu sou jornalista! — sem ter como resposta a pergunta:

— Já é profissão o jornalismo? Porque infelizmente esse exaustivo trabalho, esse rude e honesto labor ingrato para os mais dedicados, é, na maioria, a *cavação* passageira de uma porção variada de cavalheiros à espera de outra coisa...

Nós, entretanto, continuávamos a passear pela avenida, quando encontramos um sujeito, cuja profissão eu sempre ignorei, mas que veste e conversa bem. O meu excelente camarada fez-lhe uma série de gentilezas. Depois, amável, batendo-lhe no ombro:

— Você talvez não saiba. O alegre Eusébio vai ser nosso colega.

— Quê! Também jornalista?

— É. Tomei a seção mundana e os teatros do novo jornal.

— Meus parabéns.

Eu estava com uma louca vontade, não de lhe perguntar se ele sabia o que vinha a ser teatro, mas ao menos se sabia escrever três linhas com sentido. Eu sempre fui um homem pouco exigente. Afinal, não me contive. Cortei um pouco mais o desejo e indaguei.

— Mas, Eusébio, você entende de jornal?

— Ora, meu filho — fez ele. — Não queiras vender caro o peixe. Quem não entende desse negócio de jornal? Jornalismo é como o cigarro. Não há quem não tenha experimentado.

E olhou-me bem do alto, com a superioridade do forte cavador que estraçalha um pobre-diabo.

Foi então que me lembrei do charutão das Filipinas. A imprensa carioca é bem esse charutão que toda a gente chupa, que anda por todas as bocas, dos pirralhos de mama aos velhos cretinos. Apenas, nós é que guardamos o charuto e que lhe chupamos as pontas. E como decididamente a amargura (talvez o sarro) desse fenômeno trágico elevava-me a vertigens simbólicas, deixei a avenida com medo de ver mais jornalistas, mais fumadores, nos barbeiros, nos garçons de café, nos transeuntes, nos cocheiros, nos motoristas, até nos cinematógrafos, onde se avolumava a onda de populares...

Do livro *Cinematógrafo*.

A PRESSA DE ACABAR

EVIDENTEMENTE nós sofremos agora em todo o mundo de uma dolorosa moléstia: a pressa de acabar. Os nossos avós nunca tinham pressa. Ao contrário. Adiar, aumentar, era para eles a suprema delícia. Como os relógios, nesses tempos remotos, não eram maravilhas de precisão, os homens mediam os dias com todo o cuidado da atenção, e eram eles que diziam do dia 13 de dezembro:

Le jour croist te saut d'une puce

e que contavam, cheios de prazer, o aumentar dos dias nesse dezembro europeu pelos pulos, saltos e passos de diversos animais:

À la saint Thomas le jour croist
Le saut d'un chat;
À la Noël

Le saut d'un baudet;
Au nouvel an
Le pas d'un sergent.

Até o dia 17 de janeiro em que o dia crescia — o jantar de um frade...

Nenhum de nós gozaria a vida observando a delícia dos dias aumentarem. Nem dos dias, nem das noites. Estamos no mês em que as noites começam a encompridar, e ninguém ainda se lembrou de dizer que a 13 a noite cresce o pulo de uma pulga e que por Santo Antônio a noite será tão comprida que fartará um casal amoroso... E isto por quê? Porque nós temos pressa de acabar. Sim! Em tudo, essa estranha pressa de acabar se ostenta como a marca do século. Não há mais livros definitivos, quadros destinados a não morrer, ideias imortais, amores que se queiram assemelhar ao símbolo de Filemon e Baucis. Trabalha-se muito mais, pensa-se muito mais, ama-se mesmo muito mais, apenas sem fazer a digestão e sem ter tempo de a fazer.

Antigamente as horas eram entidades que os homens conheciam imperfeitamente. Calcular a passagem das horas era tão complicado como calcular a passagem dos dias. Inventavam-se relógios de todos os moldes e formas. As horas nesses relógios deixavam uma vaga impressão, e foi de São Luís, rei da França, a ideia de contar as horas das noites pelas candeias que acendia. Era confundir as horas.

Hoje, não. Hoje, nós somos escravos das horas, dessas senhoras inexoráveis que não cedem nunca e cortam o dia da gente numa triste migalharia de minutos e segundos. Cada hora é para nós distinta, pessoal, característica, porque cada hora representa para nós o acúmulo de várias coisas que nós temos pressa de acabar. O relógio era um objeto de luxo. Hoje até os mendigos usam um marcador de horas, porque têm pressa, pressa de acabar.

Quem hoje não tem pressa de acabar? É possível que se perca tempo — Oh! Coisa dolorosa! —, mas com a noção de que o estamos perdendo. Perde-se tempo como se perde a vida — porque não há remédio, porque a fatalidade o exige. Mas com que raiva!

Vede o homem da bolsa. Esse homem podia andar devagar. Entretanto, anda a correr, suando, a consultar o relógio, querendo fazer em quatro horas o que em outro tempo se fazia em quatro meses. Vede o jornalista. Dispara por essas ruas aflito, trepidante, à cata de uma porção de fatos que, em síntese, desde o assassinato à complicação política, são devidos exclusivamente à pressa de acabar. Vede o espectador teatral. Logo que o último ato chega ao meio, ei-lo nervoso, danado por sair. Para quê? Para tomar chocolate depressa. E por que depressa? Para tomar o bonde onde o vemos febril ao primeiro estorvo. Por quê? Porque tem pressa de ir dormir, para acordar cedo, acabar depressa de dormir e continuar com pressa as breves funções da vida breve!

"Dar tempo ao tempo" é uma frase feita cujo sentido a sociedade perdeu integralmente. Já nada se faz com tempo. Agora faz-se tudo por falta de tempo. Todas as descobertas de há 20 anos a esta parte tendem a apressar os atos da vida. O automóvel, essa delícia, e o fonógrafo, esse tormento, encurtando a distância e guardando as vozes para não se perder tempo, são bem os símbolos da época.

O homem mesmo do momento atual num futuro infelizmente remoto, caso a terra não tenha grande pressa de acabar e seja levada na cauda de um cometa antes de esfriar completamente — o homem mesmo será classificado, afirmo eu já com pressa, como o *Homus cinematograficus*.

Nós somos uma delirante sucessão de fitas cinematográficas. Em meia hora de sessão tem-se um espetáculo multiforme e assustador cujo título geral é: *Precisamos acabar depressa*.

O homem-cinematográfico acorda pela manhã desejando acabar com várias coisas e deita-se à noite pretendendo acabar com outras tantas. É impossível falar dez minutos com qualquer ser vivo sem ter a sensação esquisita de que ele vai acabar alguma coisa. O escritor vai acabar o livro, o repórter vai acabar com o segredo de uma notícia, o financeiro vai acabar com a operação, o valente vai liquidar um sujeito, o político vai acabar sempre várias complicações, o amoroso vai acabar *com aquilo*. Daí um verdadeiro tormento de trabalho. Cada um desses sujeitos esforça-se inutilmente — Oh! Quanto! — para acabar com o lendário Sísifo, com o lendário rochedo. O homem-cinematográfico, comparado ao homem do século passado, é um gigante de atividade. O comerciante trabalha em dois meses mais do que o seu antecessor em dez anos; o escritor escreve volumes de tal modo, aqui, na França, na Inglaterra, que os próprios colegas (aliás com a mesma moléstia) ficam a desconfiar de que o tipo tenha em casa um batalhão de profissionais anônimos; os amorosos ajeitam-se de tal forma que a paixão me dá hoje a impressão de um bailado desvairado que se denomina; o *can-can* dos beijos. A pressa de acabar torna a vida um torvelinho macabro e é tão forte o seu domínio que muitos acabam com a vida ou com a razão apenas por não poder acabar depressa umas tantas coisas...

Quem será capaz de dizer hoje sinceramente: eu vivo para o teu amor? Vive-se dois minutos porque há pressa de outros amores que também se hão de acabar. Ainda outro dia uma jovem senhora casada de fresco dizia-me:

— Oh! Não! Não desejo ter filhos.

—- Mas, minha senhora, o fim da vida...

— Não venha com frases. Preciso dizer-lhe que eu teria saudades de ter mesmo muitos filhos. Mas falta-me o tempo e eles ainda levam nove meses a chegar cá...

Felizmente, os petizes já começam a nascer nos automóveis, na terceira velocidade e é provável que com algum esforço se consiga apressar o sistema atual da gestação.

Antes mesmo disso nós conseguimos acabar com a reflexão e o sentimento. O homem de agora é como a multidão: ativo e imediato. Não pensa, faz; não pergunta, obra; não reflete, julga.

Cada homem vale por uma turba. A turba é inconsciente, o homem começa a sê-lo nessa nevrose.

— Quantas mulheres amas neste momento?

— Pelo menos, três, fora as passadas. Mas vou acabar porque tenho outras.

— Por que escreveste um livro que é inteiramente o oposto do publicado uma semana antes?

— Porque era moda e eu precisava acabar mais um volume.

— Por que te suicidas, tu?

— Porque não posso acabar com o amor que dura há três meses!

A pressa de acabar! Mas é uma forma de histeria difusa! Espalhou-se em toda a multidão. Há nos simples, nos humildes, nos mourejadores diários; há nos inúteis, há nos fúteis, há nos profissionais da *coquetterie*, há em todos esse delírio lamentável. Qual é o fito principal de todos nós? Acabar depressa! O homem cinematográfico resolveu a suprema insanidade: encher o tempo, atopetar o tempo, abarrotar o tempo, paralisar o tempo para chegar antes dele. Todos os dias (dias em que ele não vê a beleza do sol ou do céu e a doçura das árvores porque não tem tempo), diariamente, nesse número de horas retalhadas em minutos e segundos que uma população de relógios marca, registra e desfia o pobre-diabo sua, labuta, desespera com os olhos fitos nesse hipotético poste de chegada que é a miragem da ilusão. Os que assistem, com a pressa de acabar, gritam inclemente a frase mais representativa do momento:

— Está na hora!

Os que representam (e são os mesmos) têm no cérebro a ideia fixa:

— É a hora! Vai chegar a hora...

Uns acabam pensando que encheram o tempo, que o mataram de vez. Outros desesperados vão para o hospício ou para os cemitérios. A corrida continua. E o tempo também, o tempo insensível e incomensurável, o tempo infinito para o qual todo o esforço é inútil, o tempo que não acaba nunca! É satanicamente doloroso. Mas que fazer? Acentuar a moléstia, passar adiante logo e recordar, nestas noites longas-longas? Não! Brevíssimas! De mais o bom tempo de antanho em que os nossos avós, sem relógios assegurados, sem a pressa de acabar, nos preparavam este presente vertiginoso com tempo ainda para verificar como os dias aumentavam o pulo de um gato, o passo de sargento ou o farto jantar de um frade...

Do livro *Cinematógrafo*.

CONTOS

O ENCONTRO

TEODURETO GOMES olhou aquela mulher, uma, duas, cinco vezes. Era em Poços de Caldas, numa rua deserta. O esplendor do dia fazia-se de azul e de ouro. Um silêncio imenso pairava. E a mulher, sem curiosidade, debruçava-se à janela da casa baixa.

Teodureto Gomes estava a fazer em Poços o mês de banhos. Ia já para 15 dias mergulhava matinalmente nas banheiras, ouvia depois assustadoras histórias de doenças, percorria várias roletas, conversava e sentia-se invadido pela familiaridade de toda aquela gente que, como ele, passava apenas por Poços. Teodureto aborrecia-se por isso. Poços durante a estação perde a fisionomia na invasão dos clientes do Rio e de São Paulo.

Nos hotéis, na praça, nas ruas, junto ao caminho de ferro ou à empresa das águas, a população adventícia mostra as mazelas físicas e morais, com descaro. Há muitos jogadores; há muitas raparigas. Tanto uns como outros, não sabendo fazer senão o que faziam às escondidas nos grandes centros, fazem-se abertamente as diversões dos doentes, continuando sem perigo a mesma vida. E todos são familiares, contam coisas, indagam, convidam para passeios. Teodureto era um delicado que vivera muito. Conhecia as estações d'água, as de mais luxo da Europa e, com reumatismo, um vago reumatismo muscular, ficava irritado com as feiuras da vida, levadas a Poços pelos banhistas de passagem. De modo que, para não piorar, andava só pelas ruas desertas, no rumor que se não ouve das ondas luminosas, ou parava largo espaço de tempo na contemplação do espetáculo das cores, de que o céu de Poços é o mais belo cenário do mundo.

Teodureto ia pela rua deserta, abstrato. De repente a sua alma viu que os seus olhos se fixavam naquela pobre mulher. O seu coração bateu. Bateu desordenadamente. Apesar de 20 anos de consecutivo prazer, as surpresas da emoção ainda o agitavam. A criatura sorridente, cuja profissão não punha em dúvida, lembrava absolutamente uma outra figura do seu passado de rapaz, figura cujo sabor ainda guardava. Então olhou, uma, duas, cinco vezes, aproximou-se, não se conteve:

— Bom dia, menina.

A mulher riu. Estava de camisola de chita vermelha e tinha os cabelos negros d'azeviche.

— Bom dia, meu senhor...

Teodureto ficou gelado. Aquela voz, talvez não gasta, era como a recordação de uma outra voz, bem viva nos seus sentidos, voz quente e de carícia — a voz que cheirava a jasmim-do-cabo...

— Como se chama?

— Perguntador que o senhor é. Pra que quer saber?

— Para tirar uma dúvida.

Ela encolheu os ombros e quase ingênua:

— Chamo Adélia.

— Diabo! Juro que lhe ia dar outro nome!

— Qual?

— O de uma rapariga que eu conheci há muito tempo: Argemira...

A este nome, a mulher cravou nele os olhos até então indiferentes.

— Hein?

— Digo que você parece uma rapariga de nome Argemira.

— Entre, homem!

— Ora esta!

— Faça favor. Entre. Quero conhecê-lo!

A mulher saltara da janela, abria a porta. Teodureto, nervoso, com um meio sorriso, entrou. Na sala paupérrima, a criatura segurou-o, olhou-o muito.

— Que é isso? Dar-se-á o caso que me conheça também?

Ela esteve ainda um tempo, fitando-o, muda. Depois foi à janela. Fechou-a. Voltou. Sentou-se no sofá muito encolhida. E rompeu num choro brando.

Teodureto não sabia o que pensar. Tomou-lhe as mãos para fazer alguma coisa, disse:

— Não chore. Sou bom rapaz. Se a magoei, foi sem querer. Que mal faz tomá-la por outra?

Ela continuava a chorar, baixinho. E, num suspiro entrecortado:

— Ao contrário... ao contrário... Mas como está mudado, Teodureto!

Teodureto recuou um pouco, trêmulo. Era ela, era a sua Argemira, a pequena que amara.

— Argemira?

— Estou velha, não?

— Não, não... estás... uma senhora apenas...

— Uma mulher, Teodureto!

— Quanto tempo?

— Quinze anos.

Gentilmente Teodureto sorria para o semblante dela, molhado de lágrimas. Uma onda de recordações enchia-lhe a alma. Fora o seu melhor amor, o primeiro. Ele tinha 18 anos; ela 13, tão precoces... O seu orgulho dele já homem era dar confiança de namorar aquela criança. A vaidade dela era ser como as que já vão casar. A princípio brincadeira, troça de parte a parte. Teodureto era de gente rica; ela de trabalhadores lá nas Laranjeiras. Aos poucos foi o hábito a aumentar-lhes o desejo e como durara dois anos quase uma ligação ardente. Ela arranjava sempre meio de se verem pelas ruelas propícias, entre árvores. Era morena, respirava uma saúde ardente e logo que o via colava-lhe os lábios nos lábios. Ele dizia que ela toda cheirava a jasmim-do-cabo. E brincavam e amavam-se, ele ensinando, ela aprendendo vertiginosamente...

Às dez da noite, ele dizia aos companheiros da Academia, no largo do Machado:

— Bem, vou à minha aula de amor!

— Cuidado! Não percas a discípula!

Os companheiros tinham inveja. Mas a Argemira não podia passar de um passatempo! Teodureto metia-se no bonde e lá ia ao passatempo. Lembrava-se de uma noite de domingo, em que a Argemira convencera os pais da ida a um teatro com as amigas. Tinham subido para as Águas Férreas. Fazia um estranho luar. O luar sempre o entontecera. O luar é o mel do amor, é a luz dos desejos. Mas o daquela noite ficara na sua memória como uma alucinação. Tudo era de branco dourado. O céu apagava as estrelas para que a lua o inundasse. O ar parecia tecido de azuis pálidos. As ruas, os caminhos, as ladeiras, os montes boiavam com vagos reflexos de prata e as árvores cobertas de lua pingavam luar... Tinham corrido os dois a ver o rio, onde as águas dançavam a dança dos reflexos da grande luz sensual. Ela dissera:

— Tu és bom!

Abraçara-o muito, com a boca em oferta, a boca, corola de rosa. E ele beijando-a, ia a despi-la.

— Tu és o meu amor. Foste talhada em âmbar pelo luar. Tu cheiras a jasmim-do-cabo. Tu és a noite. Os teus cabelos são a treva, o teu corpo é a alma do luar. Meu amor! Meu amor!

Ela não compreendia aquelas tolices do desejo lírico. Mas compreendia o desejo.

— Não dirás nunca mais essas coisas a outra mulher?

— Com uma condição...

— Não tenho condições...

E durante dois anos quase tivera-a assim! Só o receio das consequências não o fizera abusar. Fora apenas o delírio, a ternura exasperada dos prazeres em torno, a fúria de não possuir completamente aquela flor que se entregava, uma fantasia de fauno amando a virgem que quer ser hamadríade. Essa tensão nervosa desequilibrava-o, emagrecia-o, dava-lhe ideias extravagantes. Não pensara uma noite inteira em participar o seu casamento com Argemira? Não estudara até uma frase? Meu pai — essa criança é minha esposa perante Deus! Não dissera. Mas no encontro seguinte exigira de Argemira o encontro em casa dela. Era depois de meia-noite. Pulava a janela. E ficavam os dois, sem poder dizer palavra, na salinha, em longos beijos delirantes...

Quando o pai perguntou um dia:

— Quererá vir conosco à Europa? — ele ficara calado. Nunca fora à Europa. O pai desejava-o formado antes. Se o convidava para o passeio anual da família era certo por desconfiar. Não queria ir. Mas, como negar? Depois nunca tinha ido a Paris e fizera 18 anos... Ao cabo de alguns dias decidiu ir sem prevenir Argemira e até o último instante gozara dos seus beijos — sendo correto.

Ao voltar, sete meses depois, os rapazes seus colegas nos cafés do largo do Machado estavam-lhe com muito mais inveja.

— E raparigas em Paris?

— Nem se fala!

— Felizardo. E tu então que és professor. Por falar nisso aquela tua discípula...

— Argemira?

— Tomou outro professor.

— Como?

— Mais infeliz. Foi pegado e casou. É um rapaz alto, do comércio. A família, com o escândalo, mudou-se...

Teodureto pensou na leviandade e na ingratidão das mulheres. Nem aquela a quem ensinara tudo e a quem respeitara.

Pateta! Se a encontrasse — pobre marido!

Mas nunca mais a vira. Onde se metera a rapariga, que não o procurava? O desejo insatisfeito não morrera. Havia também despeito. Mas a vida é uma poderosa corrente. Outros namoros, outras mulheres, outras ideias, os estudos, a formação, as viagens, os trabalhos tinham aos poucos tranquilizado a recordação. Não a esquecera, não. Homem, cheio de negócios e atribulado de amores banais, já meio calvo e já reumático, às vezes pensava em Argemira.

— Que boa!

Erguia os olhos, dilatava as narinas, a evocar o seu perfil e o seu divino e delicado cheiro. Mas não daria um passo, não sentia a necessidade de dar um passo para tornar a vê-la. Esse primeiro amor era como uma história interrompida, a quase legenda dourada dos seus 20 anos... Precisamente muitos meses havia, nem se lembrava mesmo de Argemira. E de repente aquele encontro! Que imenso choque, quando menos esperava! Nunca pensara... a Argemira...

Teodureto, com os olhos na pobre mulher, um pouco enleado, tremia recordando. Um silêncio caíra. Argemira, com os olhos vermelhos de chorar, torcia a ponta da camisola. Então ele perguntou:

— Como foi isso, Argemira?

— Desgraças da vida... Você sabe que eu casei? Pois casei. Quando você desapareceu sem dizer palavra, fiquei tão aborrecida, Teodureto! Apareceu aquele. Quis saber se podia esquecer a ingratidão. Ele abusou. Papai obrigou-o a casar. Você deve conhecê-lo. É o Antunes da casa de ferragens Antônio e Pacheco, José Antunes. Não conhece, não? Bom homem, coitado. Mas sem saber falar. Eu casei. A gente casa! Mas a verdade é que não gostava dele. Era sina. Mamãe dizia que foi praga. Da companhia de Antunes fugi três vezes. Ele, com rogos e ameaças, fazia-me voltar. Afinal cansou, e eu que estava com um tocador de rebeca do teatro, caí na perdição... Tenho rolado, Teodureto! Afinal, há dois anos vim para os banhos. E achei aqui tão sossegado e estava já tão enjoada do Rio e de São Paulo, que fiquei. Quem diria, Teodureto, que eu te ia ver depois de tanto tempo!

Teodureto ouvia-a; e aos poucos aquela voz, o som daquela voz independente do que dizia, ia atuando na sua carne, acordando uma a uma as afinidades secretas que o ligavam ao outro corpo. Uma onda de desejo aquecia-o. Aquela mulher era o acordar da sua sensualidade, o primeiro grande momento da volúpia, e ele sentia que ela sobre o seu corpo conservava todo o domínio, porque não a tivera nunca por completo, porque não a possuíra bem. Argemira fora o amor que não chegara à sua plena realização. E 15 anos depois, por isso, encontrando-a pobre perdida da cidade do interior, a tarântula do desejo mordia-o; e por isso a sua emoção era agora outra. Pegou-lhe na mão. Disse:

— Pareço velho?

— Você já em menino era tão levado! Como deve ter pintado!

— E você então!

— Eu até fiquei aborrecida — confessou ela ingenuamente. Ele chegou-se mais.

— Mas que menina ingrata!

— Ingrata por quê?

— Casou, teve o rebequista, pintou o sete 15 anos, e nunca se lembrou de mim!...

Ela ergueu os olhos grandes de censura.

— Ah! Teodureto! Que falsidade! Não quero que você me acredite. Não vale a pena. Mas nunca esqueci. Nunca.

— Deveras? — interrogou Teodureto, enlaçando-a naturalmente.

— Por esta luz. Parece que estava sempre esperando. Muitas vezes fechava os olhos e lembrava você, você do tempo de rapaz, quando corríamos os dois às Laranjeiras... Para aturar os outros, de vez em quando pensava em você.

— É boa! — riu Teodureto, colado a ela.

— Não ridicularize, não. Faz 15 anos e eu lembro como se fosse ontem. De outras coisas tenho esquecido. Daquilo nunca. Era bom. A gente só não esquece o que é muito bom.

Teodureto agarrou-lhe a cabeça e num ímpeto juvenil esmagou-lhe os lábios. Ela desvencilhou os braços para apertá-lo sofregamente. Aquele beijo tinha a fúria adolescente do outro tempo. Estiveram assim um largo momento acima da marcha dolorosa do tempo que envelhece. Mas Teodureto, cego de desejo, queria enfim completar o que havia 15 anos o seu temperamento secretamente esperava. Ergueu-se.

— Vem daí.

Agarrou-a pelo braço e então viu que ela estava muito pálida.

— Não! Não!

— Não? Por quê?

— Por que não!

— Deixe de tolice

— Não!

— Não queres?

— Teodureto! — exclamou ela.

— Queres?

— Quero, sim.

— E então?

— Teodureto! — e rompeu a chorar. — Não é por nada. Não é por nada, meu filho. Mas não. Nunca. Não posso... É só por mim... Nem posso explicar... Tudo o que você quiser. Menos isso.

— Mas por quê? — indagou ele colérico.

— Teodureto, seria como os outros, seria tal qual... Meu benzinho, eu não minto, não posso mentir para você. E negar isso que é minha vida, não tem importância.

— Vem daí. Deixa de parte.

— Não é parte, não. É coração. Que pena não poder dizer direito! É coração, Teodureto. Se eu for para você o que sou pra todos, por quem hei de esperar, em quem hei de pensar? Teodureto, tudo como dantes, ouviu? Tudo! Menos isso. Pra eu pensar sempre em você, pra esperar, pra lembrar uma coisa muito boa que eu quero muito e não provei, pra lembrar que ainda sou menina...

Ela estava de joelhos, enrodilhada a seus pés, soluçando. Ele com a sensibilidade de homem procurava compreender.

— Como, criatura?

— Sim, Teodureto. Eu sou uma desgraçada. Não espero mais nada da vida. Só. Sozinha... Sem mãe, sem pai, sem ninguém... São todos tão maus, tão indiferentes que não me entram no coração. O único bem da minha vida é lembrar aquele tempo de amor em que você me respeitou, e toda a noite eu penso e é essa lembrança que me dá coragem para não morrer. Toda a noite eu sou a Argemira das Laranjeiras...

Neste momento, os dois, Teodureto a olhá-la, ela de rojo a soluçar, ouviram bater à porta. Argemira ergueu-se de um pulo. Teodureto perguntou:

— Quem é?

— É um comendador do Hotel da Empresa que costuma vir a esta hora. Mas não me olhe assim, Teodureto. Por Nossa Senhora, que diga o meu coração. Se você duvida, faça o que quiser. Mas lembre que vai matar tudo, vai desfazer o coração que mais tem pedido por você...

Teodureto teve um ímpeto, mas recuou, passou a mão pelos olhos, e perguntou baixinho:

— E agora, como hei de sair sem te comprometer, Argemira?

Ela murmurou como se desse escapada a um amante:

— Sais pela porta do meu quarto, na ponta dos pés! Como é bom o meu sonho! Como compreendeu a pobre alma da sua Argemira!

Puxou-o, meteu-o no quarto que tinha uma porta para o corredor, agarrou-lhe a cabeça num perdido êxtase de amor, beijou-lhe os olhos, a face, a boca, murmurando, sussurrando:

— Teodureto! Teodureto! Teodureto! Como nas Laranjeiras! Teodureto, meu bem! Teodureto, como outro dia, quando papai estava em casa, de noite... Teodureto!

Mas bateram de novo. Ela despregou-se dele, rápida, fechou a porta. E Teodureto ouviu na sala a voz do comendador, grossa e idiota:

— Mandriona! Estava a dormir, hein?

Então, sem saber, saiu, na ponta dos pés. Quando se viu na rua a caminhar depressa, ágil e leve, achando em todas as coisas uma alegria nova, Teodureto sentiu a sensação deliciosa que não mudara, que era moço, que desejava, que descia as Laranjeiras com a vontade de voltar, que subitamente readquirira o desejo contido 15 anos passados. E as damas e os cavalheiros balneários viram entrar no hotel um outro Teodureto, cuja mocidade apagava mesmo uma triste calva e a ruga do lábio...

Do livro *A mulher e os espelhos*.

O HOMEM DA CABEÇA DE PAPELÃO

No PAÍS que chamavam "do sol", apesar de chover, às vezes, semanas inteiras, vivia um homem de nome Antenor. Não era príncipe. Nem deputado. Nem rico. Nem jornalista. Absolutamente sem importância social.

O País do Sol, como em geral todos os países lendários, era o mais comum, o menos surpreendente em ideias e práticas. Os habitantes afluíam todos para a capital, composta de praças, ruas, jardins e avenidas, e tomavam todos os lugares e todas as possibilidades da vida dos que, por desventura, eram da capital. De modo que estes eram mendigos e parasitas, únicos meios de vida sem concorrência, isso mesmo com muitas restrições quanto ao parasitismo. Os prédios da capital, no centro elevavam aos ares alguns andares e a fortuna dos proprietários, nos subúrbios não passavam de um andar sem que por isso não enriquecessem os proprietários também. Havia milhares de automóveis à disparada pelas artérias matando gente para matar o tempo, cabarés fatigados, jornais, bondes, partidos nacionalistas, ausência de conservadores, a Bolsa, o governo, a moda, e um aborrecimento integral. Enfim tudo quanto a cidade de fantasia pode almejar para ser igual a uma grande cidade com pretensões da América. E o povo que a habitava julgava-se, além de inteligente, possuidor de imenso bom-senso. Bom-senso! Se não fosse a capital do País do Sol, a cidade seria a capital do bom-senso!

Precisamente por isso, Antenor, apesar de não ter importância alguma, era exceção malvista. Esse rapaz, filho de boa família (tão boa que até tinha sentimentos), agira sempre em desacordo com a norma dos seus concidadãos.

Desde menino, a sua respeitável progenitora descobriu-lhe um defeito horrível: Antenor só dizia a verdade. Não a sua verdade, a verdade útil, mas a verdade verdadeira. Alarmada, a digna senhora pensou em tomar providências. Foi-lhe impossível. Antenor era diverso no modo de comer, na maneira de vestir, no jeito de andar, na expressão com que se dirigia aos outros. Enquanto usara calções, os amigos da família consideravam-no um *enfant terrible*, porque no País do Sol todos falavam francês com convicção, mesmo falando mal. Rapaz, entretanto, Antenor tornou-se alarmante. Entre outras coisas, Antenor pensava livremente por conta própria. Assim, a família via chegar Antenor como a própria revolução; os mestres indignavam-se porque aprendia ao contrário do que ensinavam; os amigos odiavam-no; os transeuntes, vendo-o passar, sorriam.

Uma só coisa descobriu a mãe de Antenor para não ser forçada a mandá-lo embora: Antenor, nada do que fazia fazia por mal. Ao contrário. Era escandalosamente, incompreensivelmente bom. Aliás, só para ela, para os olhos maternos. Porque quando Antenor resolveu arranjar trabalho para os mendigos e corria a bengala os parasitas na rua, ficou provado que Antenor era apenas doido furioso. Não só para as vítimas da sua bondade como para a esclarecida inteligência dos delegados de polícia a quem teve de explicar a sua caridade.

Com o fim de convencer Antenor de que devia seguir os trâmites legais de um jovem solar, isto é, ser bacharel e depois empregado público nacionalista, deixando à atividade da canalha estrangeira o resto, os interesses congregados da família em nome dos princípios organizaram vários *meetings* como aqueles que se fazem na inexistente democracia americana para provar que a chave abre portas e a faca serve para cortar o que é nosso para nós e o que é dos outros também para nós. Antenor, diante da evidência, negou-se.

— Ouça! — bradava o tio. — Bacharel é o princípio de tudo. Não estude. Pouco importa! Mas seja bacharel! Bacharel, você tem tudo nas mãos. Ao lado de um político-chefe, sabendo lisonjear, é a ascensão: deputado, ministro.

— Mas não quero ser nada disso.

— Então quer ser vagabundo?

— Quero trabalhar.

— Vem dar na mesma coisa. Vagabundo é um sujeito a quem faltam três coisas: dinheiro, prestígio e posição. Desde que você não as tem, mesmo trabalhando, é vagabundo.

— Eu não acho.

— É pior. É um tipo sem bom-senso. É bolchevique. Depois, trabalhar para os outros é uma ilusão. Você está inteiramente doido.

Antenor foi trabalhar, entretanto. E teve uma grande dificuldade para trabalhar. Pode-se dizer que a originalidade da sua vida era trabalhar para trabalhar. Acedendo ao pedido da respeitável senhora que era mãe de Antenor, Antenor passeou a sua má cabeça por várias casas de comércio, várias empresas industriais. Ao cabo de um, dois meses, estava na rua. Por que mandavam Antenor embora? Ele não tinha exigências, era honesto como a água, trabalhador, sincero, verdadeiro, cheio de ideias. Até alegre — qualidade raríssima no país onde o sol, a cerveja e a inveja faziam batalhões de biliosos tristes. Mas companheiros e patrões prevenidos, se a princípio declinavam hostilidades, dentro em pouco não o aturavam. Quando um companheiro não atura o outro, intriga-o. Quando um patrão não atura o empregado, despede-o. É a norma do País do Sol. Com Antenor depois de despedido, companheiros e patrões ainda por cima tomavam-lhe birra. Por quê? É tão difícil saber a verdadeira razão por que um homem não suporta outro homem!

Um dos seus ex-companheiros explicou certa vez:

— É doido. Tem a mania de fazer mais que os outros. Estraga a norma do serviço e acaba não sendo tolerado. Mau companheiro. E depois com ares...

O patrão do último estabelecimento de que saíra o rapaz respondeu à mãe de Antenor:

— A perigosa mania de seu filho é pôr em prática ideias que julga próprias.

— Prejudicou-o, sr. Praxedes?

— Não. Mas podia prejudicar. Sempre altera o bom-senso. Depois, mesmo que seu filho fosse águia, quem manda na minha casa sou eu.

No País do Sol o comércio é uma maçonaria. Antenor, com fama de perigoso, insuportável, desobediente, anarquizador, não pôde em breve obter emprego algum. Os patrões que mais tinham lucrado com as suas ideias eram os que mais falavam. Os companheiros que mais o haviam aproveitado tinham-lhe raiva. E se Antenor sentia a triste experiência do erro econômico no trabalho sem a norma, a praxe, no convívio social compreendia o desastre da verdade. Não o toleravam. Era-lhe impossível ter amigos, por muito tempo, porque esses só o eram enquanto não o tinham explorado.

Antenor ria. Antenor tinha saúde. Todas aquelas desditas eram para ele brincadeira. Estava convencido de estar com a razão, de vencer. Mas a razão sua, sem interesse, chocava-se à razão dos outros ou com interesses ou presa à sugestão dos alheios. Ele via os erros, as hipocrisias, as vaidades e dizia o que via. Ele ia fazer o bem, mas mostrava o que ia fazer. Como tolerar tal miserável? Antenor tentou tudo, juvenilmente, na cidade. A digníssima sua progenitora desculpava-o ainda.

— É doido, mas bom.

Os parentes, porém, não o cumprimentavam mais. Antenor exercera o comércio, a indústria, o professorado, o proletariado. Ensinara geografia num colégio, de onde foi expulso pelo diretor; estivera numa fábrica de tecidos, forçado a retirar-se pelos operários e pelos patrões; oscilara entre revisor de jornal e condutor de bonde. Em todas as profissões vira os círculos estreitos das classes, a defesa hostil dos outros homens, o ódio com que o repeliam, porque ele pensava, sentia, dizia outra coisa diversa.

— Mas, Deus, eu sou honesto, bom, inteligente, incapaz de fazer mal...

— É da tua má cabeça, meu filho.

— Qual!

— A tua cabeça não regula.

— Quem sabe?

Antenor começava a pensar na sua má cabeça, quando o seu coração apaixonou-se. Era uma rapariga chamada Maria Antônia, filha da nova lavadeira da sua mãe. Antenor achava perfeitamente justo casar com a Maria Antônia. Todos viram nisso mais uma prova do desarranjo cerebral de Antenor. Apenas, com pasmo geral, a resposta de Maria Antônia foi condicional.

— Só caso se o senhor tomar juízo.

Mas que chama você juízo?

— Ser como os demais.

— Então você gosta de mim?

— E por isso é que só caso depois.

Como tomar juízo? Como regular a cabeça? O amor leva aos maiores desatinos. Antenor pensava em arranjar a má cabeça, estava convencido.

Nessas disposições, Antenor caminhava por uma rua do centro da cidade, quando os seus olhos descobriram a tabuleta de uma "relojoaria e outros maquinismos delicados de precisão". Achou graça e entrou. Um cavalheiro grave veio servi-lo.

— Traz algum relógio?

— Trago a minha cabeça.

— Ah! Desarranjada?

— Dizem-no, pelo menos.

— Em todo o caso, há tempo?

— Desde que nasci.

— Talvez imprevisão na montagem das peças. Não lhe posso dizer nada sem observação de 30 dias e a desmontagem geral. As cabeças, como os relógios, para regular bem...

Antenor atalhou:

— E o senhor fica com a minha cabeça?

— Se a deixar.

— Pois aqui a tem. Conserte-a. O diabo é que eu não posso andar sem cabeça...

— Claro. Mas, enquanto a arranjo, empresto-lhe uma de papelão.

— Regula?

— É de papelão! — explicou o honesto negociante.

Antenor recebeu o número de sua cabeça, enfiou a de papelão e saiu para a rua.

Dois meses depois, Antenor tinha uma porção de amigos, jogava o pôquer com o ministro da Agricultura, ganhava uma pequena fortuna vendendo feijão bichado para os exércitos aliados. A respeitável mãe de Antenor via-o mentir, fazer mal, trapacear e ostentar tudo o que não era. Os parentes, porém, estimavam-no, e os companheiros tinham garbo em recordar o tempo em que Antenor era maluco.

Antenor não pensava. Antenor agia como os outros. Queria ganhar. Explorava, adulava, falsificava. Maria Antônia tremia de contentamento vendo Antenor com juízo. Mas Antenor, logicamente, desprezou-a — propondo um concubinato que o não desmoralizasse. Outras Marias ricas, de posição, eram da opinião da primeira Maria. Ele só tinha de escolher. No centro operário, a sua fama crescia, querido dos patrões burgueses e dos operários irmãos dos *spartakistas* da Alemanha. Foi eleito deputado por todos, e especialmente pelo presidente da República — a quem atacou logo, pois para a futura eleição o presidente seria outro. A sua ascensão só podia ser comparada à dos balões. Antenor esquecia o passado, amava a sua terra. Era o modelo da felicidade. Regulava admiravelmente.

Passaram-se assim anos. Todos os chefes políticos do País do Sol estavam na dificuldade de concordar no nome do novo senador, que fosse o expoente da norma, do bom-senso. O nome de Antenor era cotado. Então Antenor passeava de automóvel pelas ruas centrais, para tomar o pulso à opinião, quando os seus olhos deram na tabuleta do relojoeiro e lhe veio a memória.

— Bolas! E eu esqueci! A minha cabeça está ali há tempo... Que acharia o relojoeiro? É capaz de tê-la vendido para o interior. Não posso ficar toda vida com uma cabeça de papelão!

Saltou. Entrou na casa do negociante. Era o mesmo que o servira.

— Há tempos deixei aqui uma cabeça.

— Não precisa dizer mais. Espero-o ansioso e admirado da sua ausência, desde que ia desmontar a sua cabeça.

— Ah! — fez Antenor.

— Tem-se dado bem com a de papelão?

— Assim...

— As cabeças de papelão não são más de todo. Fabricações por série. Vendem-se muito.

— Mas a minha cabeça?

— Vou buscá-la.

Foi ao interior e trouxe um embrulho com respeitoso cuidado.

— Aqui está.

— Consertou-a?

— Não.

— Então, desarranjo grande?

O homem recuou.

— Senhor, na minha longa vida profissional jamais encontrei um aparelho igual, como perfeição, como acabamento, como precisão. Nenhuma cabeça regulará no mundo melhor do que a sua. É a placa sensível do tempo das ideias, é o equilíbrio de todas as vibrações. O senhor não tem uma cabeça qualquer. Tem uma cabeça de exposição, uma cabeça de gênio *hors-concours*.

Antenor ia entregar a cabeça de papelão. Mas conteve-se.

— Faça então o obséquio de embrulhá-la.

— Não a coloca?

— Não.

— V. Ex.ª faz bem. Quem possui uma cabeça assim, não a usa todos os dias. Fatalmente dá na vista.

Mas Antenor era prudente, respeitador da harmonia social.

— Diga-me cá. Mesmo parada em casa, sem corda, numa redoma, talvez prejudique.

— Qual! V. Ex.ª terá a primeira cabeça.

Antenor ficou seco.

— Pode ser que V. profissionalmente tenha razão. Mas, para mim, a verdade é a dos outros, que sempre a julgaram desarranjada e não regulando bem. Cabeças e relógios querem-se conforme o clima e a moral de cada terra. Fique V. com ela. Eu continuo com a de papelão.

E, em vez de viver no País do Sol um rapaz chamado Antenor, que não conseguia ser nada tendo a cabeça mais admirável, um dos elementos mais ilustres do País do Sol foi Antenor, que conseguiu tudo com uma cabeça de papelão.

Do livro *Rosário da ilusão*.

O BEBÊ DE TARLATANA ROSA

— OH! UMA história de máscaras! Quem não a tem na sua vida? O carnaval só é interessante porque nos dá essa sensação de angustioso imprevisto... Francamente. Toda a gente tem a sua história de carnaval, deliciosa ou macabra, álgida ou cheia de luxúrias atrozes. Um carnaval sem aventuras não é carnaval. Eu mesmo este ano tive uma aventura...

E Heitor de Alencar esticava-se preguiçosamente no divã, gozando a nossa curiosidade.

Havia no gabinete o barão Belfort, Anatólio de Azambuja de quem as mulheres tinham tanta implicância, Maria de Flor, a extravagante boêmia, e todos ardiam por saber a aventura de Heitor. O silêncio tombou expectante. Heitor, fumando um *gianaclis* autêntico, parecia absorto.

— É uma aventura alegre? — indagou Maria.

— Conforme os temperamentos.

— Suja?

— Pavorosa ao menos.

— De dia?

— Não. Pela madrugada.

— Mas, homem de Deus, conta! — suplicava Anatólio.
— Olha que está adoecendo a Maria.

Heitor puxou um largo trago à cigarreta.

— Não há quem não saia no carnaval disposto ao excesso, disposto aos transportes da carne e às maiores extravagâncias. O desejo quase doentio e como incutido, infiltrado pelo ambiente. Tudo respira luxúria, tudo tem de ânsia e do espasmo, e nesses quatro dias paranoicos, de pulos, de guinchos, de confianças ilimitadas, tudo é possível. Não há quem se contente com uma...

— Nem com um — atalhou Anatólio.

— Os sorrisos são ofertas, os olhos suplicam, as gargalhadas passam como arrepios de urtiga pelo ar. É possível que muita gente consiga ser indiferente. Eu sinto tudo isso. E saindo, à noite, para a porneia da cidade, saio como na Fenícia saíam os navegadores para a procissão da Primavera, ou os alexandrinos para a noite de Afrodite.

— Muito bonito! — ciciou Maria de Flor.

— Está claro que este ano organizei uma partida com quatro ou cinco atrizes e quatro ou cinco companheiros. Não me sentia com coragem de ficar só como um trapo no vagalhão de volúpia e de prazer da cidade. O grupo era o meu salva-vidas. No primeiro dia, no sábado, andamos de automóvel a percorrer os bailes. Íamos indistintamente beber champanha aos clubes de jogo que anunciavam bailes e aos maxixes mais ordinários. Era divertidíssimo e ao quinto clube estávamos de todo excitados. Foi quando lembrei uma visita ao baile público do

Recreio. "Nossa Senhora!" disse a primeira estrela de revistas, que ia conosco. "Mas é horrível! Gente ordinária, marinheiros à paisana, fúfias dos pedaços mais esconsos da rua de São Jorge, um cheiro atroz, rolos constantes..." Que tem isso? Não vamos juntos?

Com efeito. Íamos juntos e fantasiadas as mulheres. Não havia o que temer e a gente conseguia realizar o maior desejo: acanalhar-se, enlamear-se bem. Naturalmente fomos e era uma desolação com pretas beiçudas e desdentadas esparrimando belbutinas fedorentas pelo estrado da banda militar, todo o pessoal de azeiteiros das ruelas lôbregas e essas estranhas figuras de larvas diabólicas, de incubos em frascos de álcool, que têm as perdidas de certas ruas, moças, mas com os traços como amassados e todas pálidas, pálidas feitas de pasta de mata-borrão e de papel de arroz. Não havia nada de novo. Apenas, como o grupo parara diante dos dançarinos, eu senti que se roçava em mim, gordinho e apetecível, um bebê de tarlatana rosa. Olhei-lhe as pernas de meia curta. Bonitas. Verifiquei os braços, o caído das espáduas, a curva do seio. Bem agradável. Quanto ao rosto era um rostinho atrevido, com dois olhos perversos e uma boca polpuda como se ofertando. Só postiço trazia o nariz, um nariz tão bem-feito, tão acertado, que foi preciso observar para verificá-lo falso. Não tive dúvida. Passei a mão e preguei-lhe um beliscão. O bebê caiu mais e disse num suspiro: "Ai que dói!" Estão vocês a ver que eu fiquei imediatamente disposto a fugir do grupo. Mas comigo iam cinco ou seis damas elegantes capazes de se debochar, mas de não perdoar os excessos alheios, e era sem linha correr assim, abandonando-as, atrás de uma frequentadora dos bailes do Recreio.

Voltamos para os automóveis e fomos cear no clube mais chique e mais secante da cidade.

— E o bebê?

— O bebê ficou. Mas no domingo, em plena avenida, indo eu ao lado do chofer, no burburinho colossal, senti um beliscão na perna e uma voz rouca dizer: "Para pagar o de ontem." Olhei. Era o bebê rosa, sorrindo, com o nariz postiço, aquele nariz tão perfeito. Ainda tive tempo de indagar: aonde vais hoje?

— A toda parte! — respondeu, perdendo-se num grupo tumultuoso.

— Estava perseguindo-te! — comentou Maria de Flor.

— Talvez fosse um homem... — soprou desconfiado o amável Anatólio.

— Não interrompam o Heitor! — fez o barão, estendendo a mão.

Heitor acendeu outro *gianaclis*, ponta de ouro, sorriu, continuou:

— Não o vi mais nessa noite, e segunda-feira não o vi também. Na terça desliguei-me do grupo e caí no mar alto da depravação, só, com uma roupa leve por cima da pele e todos os maus instintos fustigados. De resto a cidade inteira estava assim. É o momento em que por trás das máscaras as meninas confessam paixões aos rapazes, é o instante em que as ligações mais secretas transparecem, em que a virgindade é dúbia e todos nós a achamos inútil, a honra uma caceteação, o bom-senso uma fadiga. Nesse momento tudo é possível, os maiores absurdos, os maiores crimes; nesse momento há um riso que galvaniza os sentidos e o beijo se desata naturalmente.

Eu estava trepidante, com uma ânsia de acanalhar-me quase mórbida. Nada de raparigas do galarim perfumadas e por demais conhecidas, nada do contato familiar, mas o deboche anônimo, o deboche ritual de chegar, pegar, acabar, continuar. Era ignóbil. Felizmente muita gente sofre do mesmo mal no carnaval.

— A quem o dizes! — suspirou Maria de Flor.

— Mas eu estava sem sorte, com a *guigne*, com o *caiporismo* dos defuntos índios. Era aproximar-me, era ver fugir a presa projetada. Depois de uma dessas caçadas pelas avenidas e pelas praças, embarafustei pelo São Pedro, meti-me nas danças, rocei-me àquela gente em geral pouco limpa, insisti aqui, ali. Nada!

— É quando se fica mais nervoso!

— Exatamente. Fiquei nervoso até o fim do baile, vi sair toda a gente, e saí mais desesperado. Eram três horas da manhã. O movimento das ruas abrandara. Os outros bailes já tinham acabado. As praças, horas antes incendiadas pelos projetores elétricos e as cambiantes enfumadas dos fogos de bengala, caíam em sombras; sombras cúmplices da madrugada urbana. E só, indicando a folia, a excitação da cidade, um ou outro carro arriado levando máscaras aos beijos ou alguma fantasia tilintando guizos pelas calçadas fofas de confete. Oh! A impressão enervante dessas figuras irreais na semissombra das horas mortas, roçando as calçadas, tilintando aqui, ali um som perdido de guizo! Parece qualquer coisa de impalpável, de vago, de enorme, emergindo da treva aos pedaços... E os dominós embuçados, as dançarinas amarfanhadas, a coleção indecisa dos mascarados de último instante arrastando-se extenuados! Dei para andar pelo largo do Rocio e ia caminhando para os lados da secretaria do Interior, quando vi, parado, o bebê de tarlatana rosa.

Era ele! Senti palpitar-me o coração. Parei. "Os bons amigos sempre se encontram", disse. O bebê sorriu sem dizer palavra. "Estás esperando alguém?" Fez um gesto com a cabeça que não. Enlacei-o. "Vens comigo?", "Aonde?", indagou a sua voz áspera e rouca. "Aonde quiseres!" Peguei-lhe nas mãos. Estavam úmidas mas eram bem-tratadas. Procurei dar-lhe um beijo. Ela recuou. Os meus lábios tocaram apenas a ponta fria do seu nariz. Fiquei louco.

— Por pouco...

— Não era preciso mais no carnaval, tanto mais quanto ela dizia com sua voz arfante e lúbrica: "Aqui não!" Passei-lhe o braço pela cintura e fomos andando sem dar palavra. Ela apoiava-se em mim, mas era quem dirigia o passeio e os seus olhos molhados pareciam fruir todo o bestial desejo que os meus diziam. Nessas frases de amor não se conversa. Não trocamos uma frase. Eu sentia a ritmia desordenada do meu coração e o sangue em desespero. Que mulher! Que vibração! Tínhamos voltado ao jardim. Diante da entrada que fica fronteira à rua Leopoldina, ela parou, hesitou. Depois arrastou-me, atravessou a praça, metemo-nos pela rua, escura e sem luz. Ao fundo, o edifício das Belas-Artes era desolador e lúgubre. Apertei-a mais. Ela aconchegou-se mais. Como os seus olhos brilhavam! Atravessamos a rua Luís de Camões, ficamos bem embaixo das sombras espessas do Conservatório de Música. Era enorme o silêncio e o ambiente tinha uma cor vagamente ruça com a treva espancada um pouco pela luz dos combustores distantes. O meu bebê gordinho e rosa parecia um esquecimento do vício naquela austeridade da noite. "Então, vamos?" indaguei. "Para onde?", "Para a tua casa." "Ah! não, em casa não podes..." "Então por aí." "Entrar, sair, despir-me. Não sou disso!" "Que queres tu, filha? É impossível ficar aqui na rua. Daqui a minutos, passa a guarda." "Que tem?" "Não é possível que nos julguem aqui para bom fim, na madrugada de Cinzas. Depois, às quatro tens que tirar a máscara." "Que máscara?" "O nariz." "Ah! sim!" E sem mais dizer puxou-me. Abracei-a. Beijei-lhe os braços, beijei-lhe o colo, beijei-lhe o pescoço. Gulosamente a sua boca se oferecia. Em torno de nós o mundo era qualquer coisa de opaco e de indeciso. Sorvi-lhe o lábio.

Mas o meu nariz sentiu o contato do nariz postiço dela, um nariz com cheiro a resina, um nariz que fazia mal. "Tira o nariz!" Ela segredou: "Não! Não! Custa tanto a colocar!" Procurei não tocar no nariz tão frio naquela carne de chama.

O pedaço de papelão, porém, avultava, parecia crescer, e eu sentia um mal-estar curioso, um estado de inibição esquisito. "Que diabo! Não vás agora para casa com isso! Depois não te disfarça nada". "Disfarça, sim!" "Não!" Procurei-lhe nos cabelos o cordão. Não tinha. Mas abraçando-me, beijando-me, o bebê de tarlatana rosa parecia uma possessa tendo pressa. De novo os seus lábios aproximaram-se da minha boca. Entreguei-me. O nariz roçava o meu, o nariz que não era dela, o nariz de fantasia. Então, sem poder resistir, fui aproximando a mão, aproximando, enquanto com a esquerda a enlaçava mais, e de chofre agarrei o papelão, arranquei-o. Presa dos meus lábios, com dois olhos que a cólera e o pavor pareciam fundir, eu tinha uma cabeça estranha, uma cabeça sem nariz, com dois buracos sangrentos atulhados de algodão, uma cabeça que era alucinadamente — uma caveira com carne...

Despeguei-a, recuei num imenso vômito de mim mesmo. Todo eu tremia de horror, de nojo. O bebê de tarlatana rosa emborcara no chão com a caveira voltada para mim, num choro que lhe arregaçava o beiço mostrando singularmente abaixo do buraco do nariz os dentes alvos. "Perdoa! Perdoa! Não me batas. A culpa não é minha! Só no carnaval é que eu posso gozar. Então, aproveito, ouviste? Aproveito. Foste tu que quiseste..."

Sacudi-a com fúria, a pus de pé num safanão que a devia ter desarticulado. Uma vontade de cuspir, de lançar apertava-me a glote, e vinha-me o imperioso desejo de esmurrar aquele nariz, de quebrar aqueles dentes, de matar aquele atroz reverso da luxúria... Mas um apito trilou. O guarda estava na esquina e olhava-nos, reparando naquela cena da semitreva. Que fazer? Levar a caveira ao posto policial? Dizer a todo o mundo que a beijara? Não resisti. Afastei-me, apressei o passo e ao chegar ao largo inconscientemente deitei a correr como um louco para a casa, os queixos batendo, ardendo em febre.

Quando parei à porta de casa para tirar a chave, é que reparei que a minha mão direita apertava uma pasta oleosa e sangrenta. Era o nariz do bebê de tarlatana rosa...

Heitor de Alencar parou, com o cigarro entre os dedos, apagado. Maria de Flor mostrava uma contração de horror na face e o doce Anatólio parecia mal. O próprio narrador tinha a camarinhar-lhe a fronte gotas de suor. Houve um silêncio agoniento. Afinal o barão Belfort ergueu-se, tocou a campainha para que o criado trouxesse refrigerantes, e resumiu:

— Uma aventura, meus amigos, uma bela aventura. Quem não tem do carnaval a sua aventura? Esta é pelo menos empolgante.

E foi sentar-se ao piano.

Do livro *Dentro da noite.*

SOBRE LUÍS MARTINS

LUÍS MARTINS foi jornalista, crítico e escritor, nascido em 5 de março de 1907 no Rio de Janeiro. Com 21 anos, publicou o primeiro livro de versos, *Sinos* (1928), que mereceu referências elogiosas de João Ribeiro, Medeiros e Albuquerque e outros. Na mesma época, passou a escrever crônicas diárias para o *Diário Carioca*. Em 1933, transferiu-se para *O Jornal*, onde trabalhou como redator, cronista e, mais tarde, crítico de teatro. Três anos depois, lançou o romance *Lapa* (1936), de ampla repercussão, inclusive fora do país. O crítico norte-americano Samuel Putnam, num estudo sobre o romance brasileiro da época, colocou-o ao lado de José Lins do Rego, Jorge Amado, Érico Veríssimo, Lúcio Cardoso e Marques Rebelo. Em 1937, publicou outro romance, *A terra come tudo* e o pequeno ensaio *A pintura moderna no Brasil*.

A implantação do Estado Novo, em fins de 1937, ocasionou sérias e dramáticas transformações na vida e no destino do escritor (como relata no livro de memórias *Noturno da Lapa*, de 1964): perdeu o emprego, seus livros foram apreendidos, e ele, detido pela polícia política. Desgostoso, mudou-se para São Paulo. Passou a escrever crônica diária sobre artes plásticas no *Diário de S. Paulo*. Seu primeiro livro da fase paulista é o romance *Fazenda* (1940). Em 1945, ingressou em *O Estado de S. Paulo* como cronista diário. Em 1963, o Departamento de Estado dos Estados Unidos convidou-o a visitar aquele país em missão cultural e para dar aula de literatura brasileira na Universidade de Nova York. Foi eleito, a 9 de outubro de 1969, para a cadeira n° 28, da Academia Paulista de Letras. Luís Martins faleceu, em 1981 na cidade de São Paulo.

No ano 2000, foi fundado o Centro de Estudos Luís Martins, na Biblioteca Paulo Mendes de Almeida, do Museu de Arte Moderna de São Paulo. Criado a partir da doação do acervo pessoal de Anna Maria e Ana Luísa — sua viúva e sua filha, respectivamente —, o Centro é composto de sua produção jornalística e de inúmeras correspondências e fotos de personalidades do período modernista, além de manuscritos, livros raros e revistas de cultura.

A José Olympio Editora lançou, em 2004, uma caixa com as obras *Lapa* e *Noturno da Lapa*, com introdução de Ruy Castro.

Este livro foi impresso nas oficinas da
DISTRIBUIDORA RECORD DE SERVIÇOS DE IMPRENSA S.A.
Rua Argentina, 171 – Rio de Janeiro, RJ
para a EDITORA JOSÉ OLYMPIO LTDA.
em setembro de 2024.

*

93º aniversário desta Casa de livros, fundada em 29.11.1931.